U0856675

改变我人生的那只猫

[法] 安娜－克莱尔·加尼翁 著 郭欣 译
Anne-Claire Gagnon

CE CHAT
QUI
A CHANGÉ
MA VIE

西南师范大学出版社
国家一级出版社 全国百佳图书出版单位

万墨轩图书
WIPUB BOOKS

纪念埃米尔，我的父亲

他是第一个向玛格特

我的一只爱猫

伸出手的人

并将它诉诸笔端

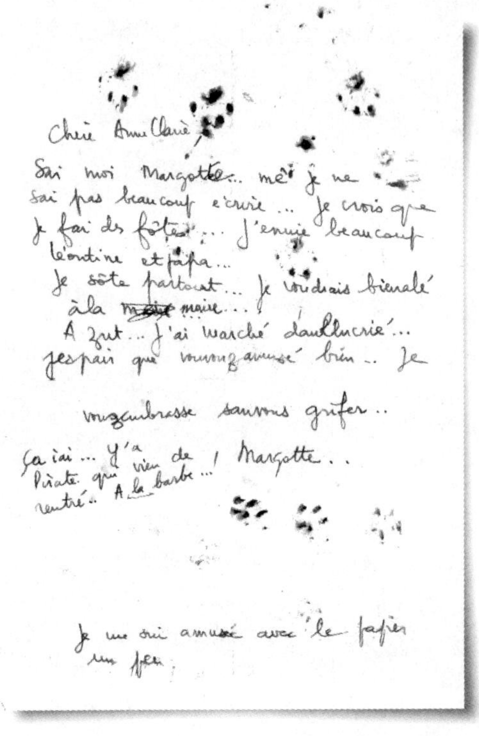

Chère Anne Claire,

Sai moi Margotte... mè je ne
sai pas beaucoup écrire... je crois que
je fai des fôtes... J'ennuie beaucoup
Léontine et papa...
Je sôte partout... je voudrais bienalé
àla ~~m...~~ maire...
A zut... j'ai marché danllencrié...
jespair que vouzamusé bien... Je
vouzembrasse sanvous grifer...

Ça iai... Y'a Piate qui vien de rentré... A la barbe...! Margotte...

Je me sui amusé avec le papier un peu.

上图为安娜－克莱尔的父亲写给她的信，信上遍布猫咪的爪印。

目录

Table des matières

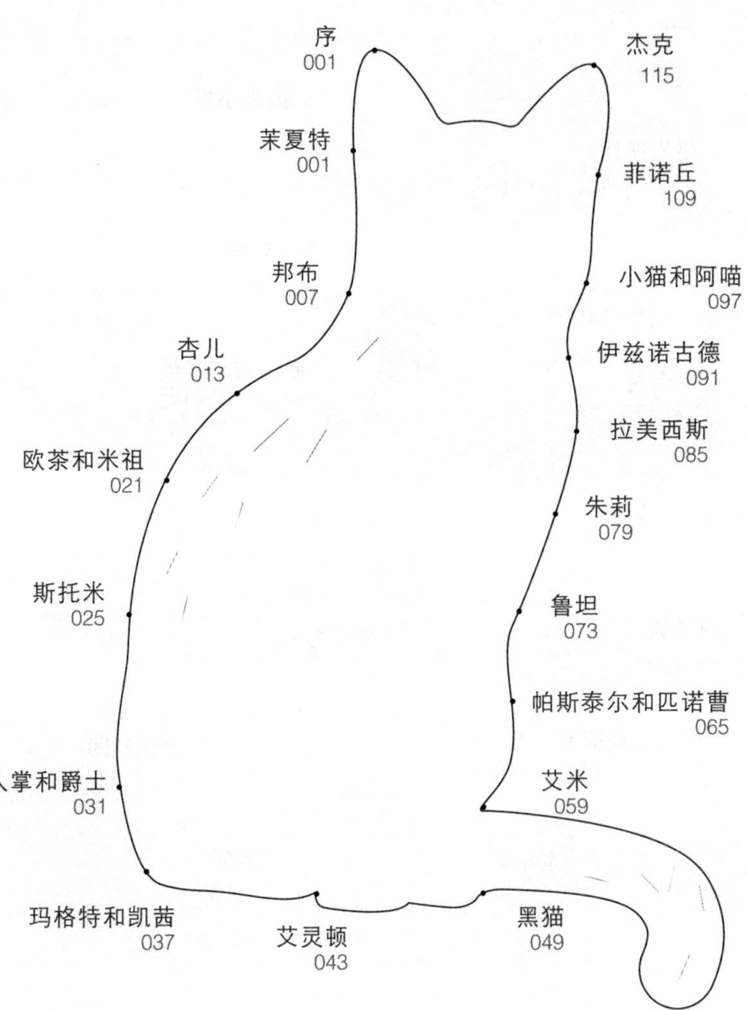

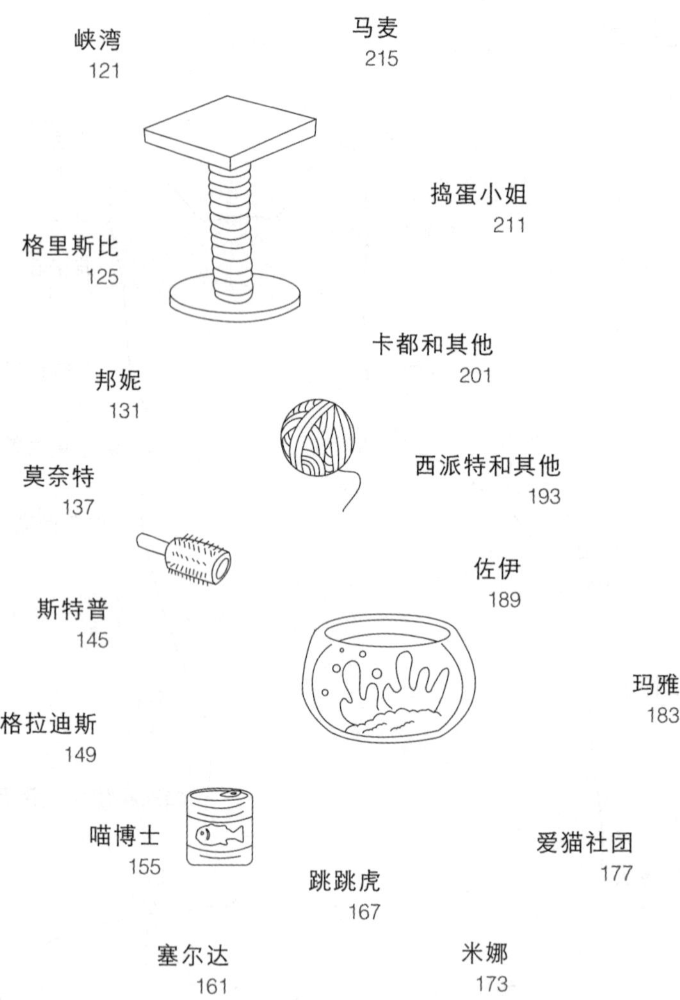

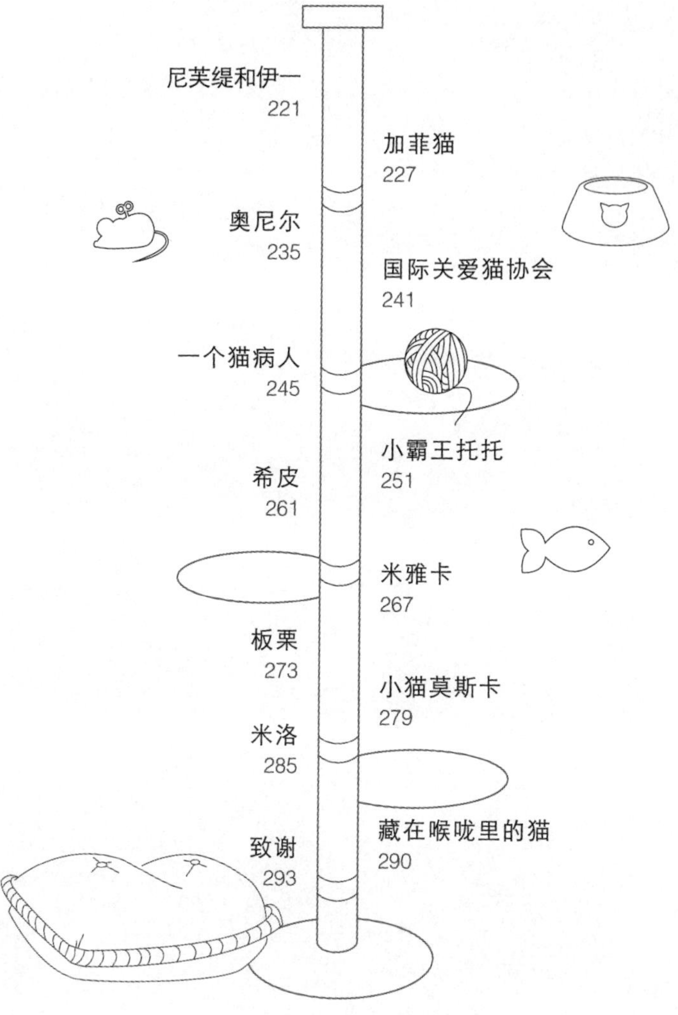

 序

我们中的大多数人都曾和宠物一起生活过，并打心底里深爱着它们。也正是它们的存在，我们才认识到了动物的智慧，感受到了它们的七情六欲，它们的喜悦和恐惧、好奇和无聊，它们甚至会难过，会羞愧，但同时它们又是那么热衷于玩闹。

正是因为我们人类与猫乃至与所有宠物之间已经构筑了这样一种亲密关系，我们才彻底认识到动物其实也是有意识的生命，我们必须要学会尊重它们高质量生存的愿望。当然，我们也要将我们为之考虑的圈子扩大到所有已拥有自主意识的动物，因为它们其实与早已深受我们喜爱和尊重的猫儿们也并无本质上的不同。

那么，我们怎么能够在爱着猫的同时，却吃着猪肉，穿着牛皮呢？有时候，我们像照顾自己的孩子们一样精心照料着小动物们；可有的时候，我们却追猎着它们，以残杀它们为乐；

更为甚者，还喜爱穿着它们的皮毛搔首弄姿。我们的态度在这样不同的选择中游转，看似无足轻重，但对于那些动物来说，却是生死攸关。之所以会出现这样大的差异，正是由于我们缺乏对其他物种的尊重，而这都来源于我们人类的无知、骄傲、自私等人本位的意识形态。

彼得·辛格曾经在《动物解放》（这本书无疑是过去40年中对改善动物的处境做出最大贡献的作品）中讲述了一件事：一名英国女士一边向他描述着自己对小猫和小狗们的喜爱，一边却热情地端出很多迷你火腿三明治推荐给他享用。当彼得•辛格告诉她，他其实没有饲养任何宠物，且他本人也并不是一名“动物爱好者”时，他只是简单地盼望着那些动物能够被当作有意识的自由物种存在，而不仅仅只是为了满足人类的欲望——就如同那只已经被女主人夹在三明治里的猪一般。这位女士似乎有些尴尬。这则小逸闻使我们认识到，我们内心深处的感受同我们的行为之间横亘着巨大的鸿沟：我们人类中的大多数都热爱动物，但是这种怜悯却恰恰止步于碗盘的边缘。

纵观整个进化的过程，在属于不同物种的个体之间人为地划定等级和界限，这本身就是一种恶劣的生物学以及道德上的物种歧视。事实上，仅仅依靠“属于人类”这个事实，并不能赋予我们比其他物种更加优越的固有价值。其实，每

一个物种都拥有自己独特的才能和“智慧”，以满足它们生存和实现其各种目标的需求。因此，出于“可爱”或是“友好”等理由而给予某些物种特权，这本身也是一种另类的物种歧视行为。

我们都主张道德、公平和仁爱。因此我们每一个人都在不断尝试去调和我们的行为和道德原则，终结认知失调的诡计，试图寻找一条能通向更崇高的道德和谐的道路。

在我们与动物的多种关系中，如何整合公平和道德的问题？苏·唐纳森和威尔·金里卡在《动物权利的政治理论》[①]中曾给出过出色的回答。这是一本关于动物生存和自由权利的开创性著作，并且获得了加拿大哲学协会每两年颁发一次的奖项。在书中，根据动物生活方式的不同，作者提出了三种主要类型的权利。

首先，他们主张，对待野生动物应等同于对待一个政治社群，给予它们自己的领土，并遵守充分自主的原则，以保护它们免受家长式的干扰和来自更强大族群的关注。野生动物本身就拥有觅食、迁移、躲避危险、承担各种生存风险、玩耍、选择伴侣和生儿育女的能力。在大多数情

① 苏·唐纳森（Sue Donaldson）和威尔·金里卡 (Will Kymlicka) 的作品，《动物权利的政治理论》（*Une théorie politique des droits des animaux*），牛津大学出版社，2011 年。

况下，它们并不会去寻求和人类的接触。它们更倾向于保持自己的生活方式，保护自己的领土。我们应尊重它们自理自立的愿望，避免所有直接（狩猎、破坏栖息地）或间接（污染，以及由于人类活动所导致的环境全面恶化）给它们带来伤害的活动。

而对于那些和我们共同生活并依赖着我们人类的宠物们，唐纳森和金里卡建议将它们视为我们这个政治社群的正式公民。“为什么社群、社会、友谊和爱情这些概念要受到种族概念的限制？”[①]他们认为，在很多情况下，宠物们会通过主动亲近我们或是偷偷逃跑来表达它们对我们的喜好。此外，我们不应该仅仅将公民的资格局限于投票权，它更应该代表的是能够体面地在领地上生活的权利，以及在政治机构中拥有信誉的人可以代表他们个人利益的权利。

而第三大类动物，则是那些既不属于家养宠物，也不属于野生动物的类别，它们居住在人类生活和生产的领地上，却能够独立自主地生活——鸽子，麻雀，海鸥，乌鸦和蝙蝠，以及松鼠，等等——它们的生存方式和人类的活动紧密联结在了一起。唐纳森和金里卡建议将它们视为“永

① 摘自苏·唐纳森和威尔·金里卡《动物权利的政治理论》第98页。

久居民”，由于它们并不是入侵者，我们必须尊重它们的基本权利，给予它们在这片土地上生活的权利。但是对于它们，我们并不需要积极地去保护它们远离捕食者，或是为它们提供医疗帮助。

安娜-克莱尔·加尼翁的这部作品，以及她曾为我们展示的饱含精致、温柔以及怜悯的笔调的猫的肖像画作，鼓励着我们将自己平日里总是保留给人类同胞的仁慈，扩大到动物们的身上。那些只喜爱一小撮智慧动物，只看得见人类的人，正因此而表现出了他们的偏见和狭隘。爱动物，并不意味着我们要减少对人类的爱，恰恰相反，我们爱之更甚，因为我们的仁慈，会随之出现质和量的飞跃。

马修·李卡德

佛教徒、作家和摄影师

正在实行帮助印度、尼泊尔以及非洲穷苦人民的人道主义协助计划

茉夏特

书店和咖啡馆，茉夏特的心之所向

歌曲中这样唱道：“只要越过桥梁，就能从一座岛抵达另一座岛，就能从少年长大成人。”但是当我们从一种状态过渡到另一种状态时，却无法做到毫发无损，不留一丝心痛，特别是当茉夏特在书店门口守候着、期待着你的时候。

“二战”时，我只有两三岁，当时父母将我送到母亲位于贝里地区乡下的娘家，和我的姨母兼教母一起生活。她是一个非常爱猫的女人，而猫咪们也用爱回报着她。是她和猫咪们一起抚育了我，而我之所以能够活下来也全都要归功于猫咪们。那时，我刚刚被送到农场，什么也不肯吃。唯有当猫咪出现在我的视线中，我才能勉强喝一些米糊。所以很快，在我生活过的那个农场里，我拥有了一大堆猫科动物朋友，其中有一只对我来说尤为特别。

我的父母曾在巴黎圣路易岛的中心地区开了间咖啡馆。当时，很多餐馆老板和咖啡店主都认为拥有一只猫就意味着店里没有鼠患。所以，与其租用一晚专门捕鼠的狗（虽然效率高得出奇），倒不如养只猫。从我的童年开始直到成年，我曾有过 3 只猫：性格孤僻的野猫吉吉特；和我们一起吃饭的吕米娜，它总是坐在我旁边的咖啡店座椅上，将两个爪子搭在桌布的边缘，它也经常会出现在学校的大门口等待我；而茱夏特，是一只狡黠而又异常敏捷的虎斑猫，它陪伴我度过了整个青春，直至我成长为一个成熟女人。

茱夏特总是卧在电动弹子机旁，随着玩家手腕的左右摆动而昏昏欲睡，它会在游戏的最后关头不情愿地醒过来，等游戏结束的提示出现后重新入睡。

茱夏特能打开所有的门，从地窖到顶楼，从冰箱到酒吧间，当然它也像其他家猫一样，喜欢从我位于二楼的公寓出发，沿着建筑物外墙的沿口走来走去。它尤其钟爱一个养了很多只鸟在笼子里的妇人的家。那妇人曾威胁茱夏特，说如果它胆敢再来惊扰她的鸟儿，她就会将它从窗户上扔出去。茱夏特怎么可能禁得起诱惑，而妇人也终于兑现了她的承诺……我自己开了一家书店，就在父母的咖啡馆对面，从那里我正好看到茱夏特被这个狂怒的妇人从二楼扔了出来。不过，它优雅地着了地，

一点儿事也没有，然后不知疲倦地继续着它的穿梭。和它一样，我也在不停地穿梭着，只不过是在书店和咖啡馆之间，接触着那些初露头角的或是已被认可的艺术家们，他们梦想着改造文学世界。

当我和弗里德里结婚后将书店卖掉时，茉夏特已经14岁了。对于我来说，它一点儿也不算老，但是对于以前从未养过猫的弗里德里，它太老了。他不愿意陪伴自己的第一只猫咪是只老猫，他更希望能从一只小乳猫开始培养一段关系。

我必须承认当时的我并没有试图去调和弗里德里和茉夏特——我这两个爱人之间的关系 。

我的父母告诉我，自从书店关门以后，茉夏特总是在书店门前长久地徘徊等待。时至今日，每当想起这些事，我仍旧会潸然泪下。

所幸的是，茉夏特在父母的咖啡馆里也能感受到和书店一样的轻松舒适，它总是能带着一种罕见的自在神情去适应各种环境，用明亮快乐的态度去生活。父母亲决定带着茉夏特和他们的狗搬到乡下和我姨母一起生活，茉夏特也将会受到她如母亲般的照料，我当然赞成。最终，茉夏特过上了和我在战时一模一样的生活，被同一个母亲抚养照料，她是我们共同的教母。

后来，茉夏特已显然不愿再见到我，每当我去看望它时它总是会转身离开。可要不是弗里德里，它又怎会在乡下再次体验到美妙的青春！今日的我总是会忧伤地回想起茉夏特的那些举动：它面对我，冷淡、谨慎又疏离；它把头转过去，就像从未认识过我，似乎我们之间什么也没有发生过。

我心中充满悔恨！它把对我的感情转移到了那个我曾经最亲近的人——我的教母——身上。不过，我还是很高兴看到茉夏特重新快乐起来，和陪伴它的那只狗一起，在全新的生活环境中再次收获了幸福。对于它这个土生土长的巴黎城区居民来说，这种亲近自然的生活是怎样翻天覆地的变化呀！而它却豁达而平静地融入其中。

甚至直到它23岁最终死去的时刻，它一直都很优雅。它静静地卧在椅子上，头逐渐变得沉重，最终永远地睡去。它得到了永恒的甜蜜和舒适。

正是茱夏特为我的丈夫——弗里德里·维图，打开了通向猫的国度的大门。他成了一名作家，更是一个爱猫之人。虽然不得不与它分离让我悔恨万分，但也正是因为它退出了我们的舞台，奔向新的花园，我们夫妇才得以拥有了我俩的第一只小猫——内希。我们在莎玛丽丹百货里选中了这只患有幽闭恐惧症的虎斑猫，它拒绝一切或近或远看起来像是监牢的东西：汽车、笼子，只能接受戴牵猫绳外出。

它是我们养猫的一个成功范例，我们用牵猫绳牵着它游遍了欧洲。它聪明无比，懂得在餐馆的时候坐在桌子一旁。它陪伴了我们14年。接下来就是帕帕吉娜，在它第一次从兽医诊所里出来后就变成了帕帕吉诺，我们的第一只公猫，它有3/4的法国蓝猫和1/4的普通家猫血统，豁达好动，是所有猫咪中最喜爱玩耍的那只：它从来不会离开它的毛绒老鼠——它最爱的安抚玩具。它有一颗焦虑不安而又消极悲观的内心，是一只总在沉思又不知在想些什么的猫，这一点和光芒四射的茱夏特正好相反，后者永远都是自信满满地出现在人们面前，对生活无所顾忌。

茱夏特永远是我从少年直至成年的人生轨迹中最耀眼的那道光芒。它就是幸福和快乐的化身，最精妙的生物。

取材自
妮可·夏戴尔
书商，编辑

邦布

东方猫的爱

提到就业指导，有时候只需要一只猫就能帮助一个人决定他的职业，只需要它有那么一点不同寻常，再加上稍稍有些性格障碍。

我学兽医，那绝对要归功于邦布！是它给了我来自猫咪的无条件的爱，是它在我的整个学习生涯中一直支持着我。

20 多年后，每当我回到父母家中，每每在打开和关上大门的时候，总是会想念它。因为它，我总是要特别小心——防止它不凑巧地溜出去……每次我到来的时候它总是在走廊里。它在我记忆的硬盘中留下了重重的一笔。

我出生在一个医生世家，也是养猫之家。当时我们刚刚失去小毛，我的第一只暹罗猫，曾经是我们的宝贝。这时我们听到一个邻居说有一只疯猫需要找人领养。

我的父亲，上帝面前绝对的爱猫人士，并没有太把那个“疯”字放在心上——他觉得这是可以治疗、克服甚至实现痊愈的——所以他接受了邦布。

它是一只东方短毛猫，有着东方猫典型的长相，当时很是罕见。刚见到它时，我们都很吃惊，而且对它印象深刻。和“小猫”相比，它的身体细长，简直就像长了张老鼠的脸！简而言之，就如同犹太长老的灵猫穿越时空而来！

特别是，当时的它完完全全疯了，暴躁得超乎想象。

在到来的第一个晚上，它似乎要毁坏一切：厨房里所有的陶瓷器皿全都被打碎了。放眼望去，如同世界末日一般的景象。

我的父亲从没见过这样的阵仗，他的胳膊和双手已满是血痕，这时的他已经打算把猫送还回去了。这样一只又抓又咬还到处搞破坏的猫，实在是让人……不知如何是好。

第二天早晨，当我们吃早饭的时候，全家人无可奈何地做出一个令人心碎的决定，不能再留下这只猫了。但就在这时邦布却出现了，它伏在我的膝上，舒服地发出呼噜呼噜的声音……从这个时刻开始，它再也不抓不咬了。

当然，它留下来了，虽然性格强硬又固执，还很喜欢宅在家里。作为一只东方短毛猫，它像暹罗忍者一般，拥有与生俱来的毫不妥协的性格。但除此之外，它也拥有猫咪温柔的感情。它的温柔只是对家人而言的，对于陌生人，它从未将他们放在眼里！

邦布有很多习惯。譬如它只和我的父母亲一起睡觉，因为只有他们会留着虚掩的卧室门等它。在它眼中，那紧闭的卧室门，就如同宣布了对它的轻视，会带给它纯粹的痛苦。

邦布给我的成长带来了无尽的幸福；无论是初中还是高中，每当我从学校回来的时候，它总是在家里等着我，然后迫不及待地卧在我的双腿上。我会将所有的事情都讲给它听，而它似乎也都能听懂。在我的整个青春期，我俩一直没有间断过这样的交流。正是因为有它的陪伴和倾听，我总是能够自信满满地面对生活。

父亲终于和我说了这样的话：“你这样喜欢猫，为什么不考虑一下去读兽医专业呢？”

在准备兽医考试的那段时间，每天早晨 5 点我就早早起床开始复习，而邦布总是趴在台灯下，靠在我的咖啡杯旁边，发出轻轻的呼噜声陪伴着我。它就像和我一起参加了考试一般，我们本应该也发给它一张毕业证书才对。它是一个出色的教练。每天晚上睡觉前，它都会跳上我的床，要我轻柔地抚摸上一阵才行。它将自己的一切安排得井然有序。真是既强横又天才的邦布！

曾经有一次，我的父母出门旅行去了，尽管我们晚上为了它特意将所有的房门都打开，但它还是拼了命地不停嘶叫。我和妹妹简直被它折磨到了崩溃的边缘！到了第三天晚上，当我睡到父母亲的空床上时，邦布才恢复了原有的平静。

在我还在上兽医学校的时候，邦布生病了，当时它并不在我的身边——当女儿们离开家庭的襁褓独立闯荡的时候，父母曾视它为寄托和安慰——所以在邦布患上喉癌之前，它曾度过了一段非常幸福而又受宠的时光。

当我不得不对它实行安乐死的时候，觉得一切都糟糕透顶……因为我不仅仅是作为主人而亲自做出这样的决定，而且，身为一名兽医，我还不得不亲自执行。

这当然并不是我第一次实施这样的手术，但面对我自己的猫……这一刻变得异常艰难。我这样做也是由于它总是对各种药片和注射针剂非常抵触，为了避免陌生人在手术过程中不慎弄痛它，也为了不让它因为反抗而伤到别人。我提前准备好所需的药品，所有的一切都在家中进行，让它能安然离去。

当父亲回到家的时候，他一看到我的眼睛，立刻就明白发生了什么。父亲像个孩子一般痛哭，这是我人生中仅有的几次记忆之一……

每当我回想起邦布的安乐死，都像是发生在昨天，我不曾忘记丝毫，这段记忆实在是太过痛苦。它曾陪伴着我度过了整个青春期，而它的离开似乎让一切都变了样。即使它是只属于我的猫，是我的大玩偶，但它已经和我们整个家庭通过感情紧紧地联系在了一起，它成了我们的黏合剂，我们之间的纽带。年复一年，邦布用它的爱和耐心，帮助我完成了自我的塑造。

我突然意识到对于我生命中最重要的这只猫——邦布，我还从未进行过正式的哀悼，每当我抚摸着沃利的时候，似乎都在追寻着它的灵魂。

取材自
莱迪莎
兽医

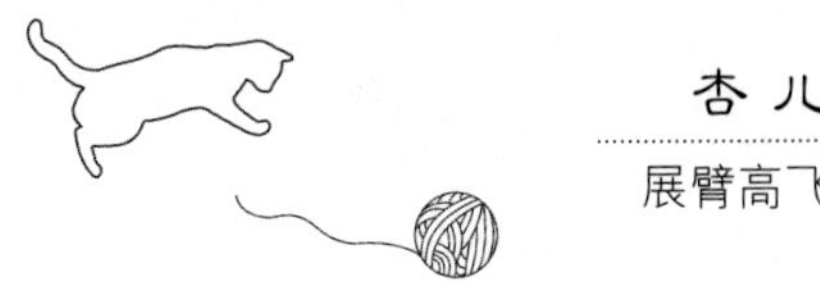

杏儿

展臂高飞

只需要一个建议、一个女人，就能让一切都改变，就能帮我们发现一个再也不愿离开的猫的世界。

奇怪的是，在杏儿之前，我从来没有养过猫。

在我的童年时代，我的父母曾经养过一只狗。不过，当我步入成年后，我似乎从来不觉得身边需要有一只动物来陪伴。当然，我其实非常喜欢动物，并且经常拍摄各种动物，它们常常会在我的影片中占据一些重要的角色——这几乎都要成为我的作品的个性签名了！杏儿来到我的生活中完全是拜女友所赐，她从西班牙千里迢迢带回两只猫，杏儿和它的姐妹玛黑索。她特地挑了那只小母猫给自己，将小公猫给了我，因为她觉得我很适合养一只猫。但是我不得不承认在那个时候，我其实并没有特别留意到自己生活中缺少了什么，或者说也没有意识到一只猫的出现会给我带来怎样的变化。但是我很快就被征服了，以至于时至今日我已无法想象没有猫陪伴的生活。

杏儿是一只非常有趣的小猫。它就如同我给它取的名字一样，明亮炙热，特别活泼、热情。跟所有的猫咪一样，杏儿常常会玩得很疯。每到晚上，它总是会坐在楼梯的台阶上等着我。

有一天，我并未留意到自己不小心打开了楼梯门。它独自爬上了屋顶的平台，并在上边肆意地奔跑，就像它经常在公寓里面玩时那样，完全没有考虑到自己身处整幢大楼的屋顶……它先是跳上了旁边的一片斜顶，然后又从那里扑身一跃，从六楼的屋顶跳了下去。它当时并没有立刻死亡，尽管我把它送到了兽医那里进行治疗和护理，但是 24 小时之后，它还是离开了。

我永远也不会忘记，就是在那一刻，我才意识到原来一只小动物的离开会给人们带来这样极致的伤痛。在杏儿出现之前，我从来不懂这样的感情，也从来没有过这样的经历。这件事给了我极大的震撼……对于从没有养过小孩的我，那时我不得不承认："即使只是一只猫，我也不知道如何照顾好它。"

在养杏儿之前，我从没有想过失去一只猫会带来怎样的悲痛——事实上哀悼一只猫的悲伤对于没有养猫的人来说是难以理解的。那种撕心裂肺的感觉……难以言表。

于是我亲自去了一趟西班牙，去拜访了杏儿出生的那个家，在那里见到了和杏儿长得很像的同母兄弟——黑格罗，并把它带回了家。从此以后，它就和那只嘴上方长着优雅白胡子的黑色小母猫玛黑索生活在一起。虽然女友最终离开了我，但是……两只小猫却一直互相陪伴！

从那以后，我便开启了和猫咪的奇遇，之后的很多年里，它们一直陪伴着我。

但是所有的一切，都源自我的第一只猫，杏儿，它用它那令人心碎的离去，为我打开了一扇通向新世界的意料之外的大门。

养猫使我变得更有人情味，也让我更加警惕！杏儿的离去让我学会了谨慎行事，学会了不要随便开启通向天堂的大门。

猫是一种讨人喜欢而又谨慎安静的存在。“当家里有一只猫时，我们就再也不需要任何雕塑了。”它们看上去是那样的美丽而又曼妙！它们是创作的完美伴侣。我导演了一部短片《猫的故事》（*Histoires des chats*，发表在微电影网站 Vimeo 上），甚至为它们写了一首歌曲（见“附歌一曲”）。

其实在猫进入我的生活之前，我就已经拍摄过一部关于海豚的电影，随后又制作了一部有关奶牛的——当我在介绍我的新电影《夜莺》（*Le Promeneur d'oiseau*）时也曾提到过它们，因为有人问起为什么我的电影内容总是关于动物的。

养猫的生活使我更加意识到，我们应该关注动物，尊重动物。

并不是所有的动物都惹人喜爱，但是它们能帮助我们敞开心扉，激发我们内心的善念。我将这些理念都在影片的场景中表现出来，通过其中的某个（和我本人有些相似的）角色引用了甘地的名言："人类的道德水平可以通过他们对待动物的方式来衡量。"

我们可以清楚地从人们和他们的宠物之间的相处模式来检验这句话。有些人总是在动物身上发泄自己的情绪，这样的人大多是暴力的人，他们甚至也会这样对待小孩子。

人类和动物的关系是非常耐人寻味的。在我的影片中总是会出现动物的身影，其中一个很重要的原因就是它们是媒介——调和着人类与自然的关系。它们和我们并没有多大的区别，并不是什么异类——只是自然界的其他部分而已。

每当我轻抚着我的小猫们，总是亲昵地称呼它们“小野兽”或是“小动物”。它们虽然是动物，但是和我们也有很多共同点。

这个世界上有动物，也有树木，从功利的角度来讲，它们对我们人类是必不可少的存在，为我们提供了能源，也保证了我们的生存。

大自然是至高无上的，即使不是为了功利，也需要我们去尊重。它远高于我们，值得我们去惊叹。在《夜莺》中，有一个场景是孩子们在一棵巨大的树上攀爬玩耍。在拍摄之前，中国的工作人员会先在树下举行一个仪式，祈请大树允许我们的冒犯。这才是正确的行为，是对自然最真诚而且由衷敬畏的表达，就如同我们对待那些动物一样。

我们尊重它们并不是因为我们要利用它们，而是与生俱来的最真诚的尊重。

如果我们认真地倾听动物的心声，仔细地观察它们，它们就会给我们指明前方的道路，做我们的向导。特别是那些猫咪。通过它们的步伐、它们的慵懒和它们的优雅，为我们打开了一扇大门，让我们可以从全新的视角更深刻地了解整个世界。多亏了它们，我们才得以成长得更具人性。

取材自
菲利普·弥勒
导演，编剧

附歌一曲

人类哪里会懂得？

菲利普·弥勒

我们是他们的小动物
他们的宠物

他们热切期盼我们的到来
轻轻地抚摸我们的后背
他们寻求我们的依恋
我们柔弱的呜咽
是我们崇高的智慧
但对于他们不值一提，如风飘散

人类哪里会懂得
我们这样的小生灵？
他们可知我们的心
也是一样在跳动？
而我们的幸福
是为了让他们幸福？

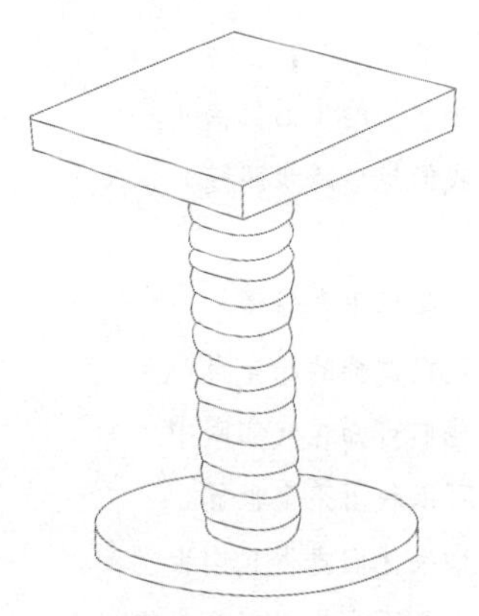

他们给予我们温暖
在他们那密闭的家园
用那些猫罐头
滋养我们的小身体
我们只是装饰
只是一个平庸的布景
他们那常常抚摸我们的手
却抚不平我们的忧伤

人类哪里会懂得
我们这样的小生灵?
他们可知我们的眼底
有黑色的阴影在闪烁
那其实只是倒影
来自于他们秘密的绝望?

我们给他们带来平静
减轻他们的焦虑
当我们保持安静
只是为了他们灵魂的康乐
我们帮助他们去生活
支持着人类的世界

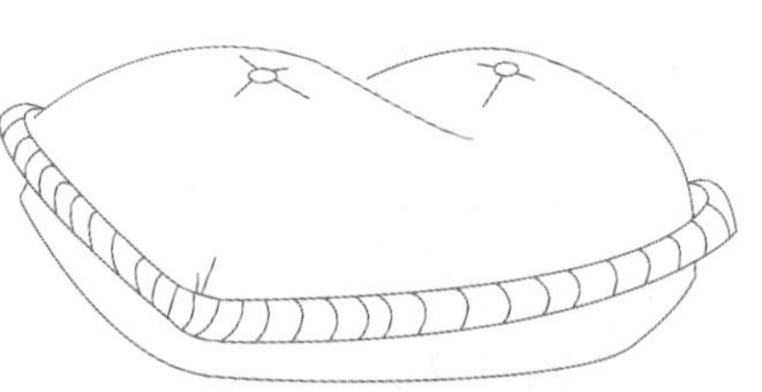

当他们的生活偏离正轨
我们也会跨步跟随

人类哪里会懂得
我们这样的小生灵?
他们可知在我们眼中
可以映出整个世界
如果他们觉得我们古怪
可是因为我们就是天使?

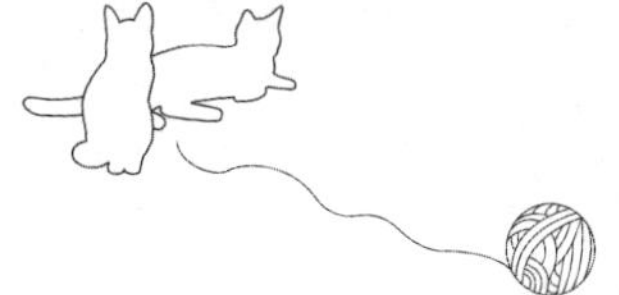

欧茶和米祖

守护我写作的善良小卫士

猫虽然不会说话，但它们塑造了我们的生活，而且有时候，需要我们用心去倾听它们，为它们书写，特别是当它们能有幸生活在一位作家身边的时候。

在我的生活中一直都有猫的身影——除了在京都生活的那两年，那时不能养猫曾让我很是难过，甚至我不得不将一直陪伴我的几只猫留在欧洲，它们当然也不会再等我。

后来，我在阿姆斯特丹定居下来，搬进了一套宽敞的公寓，终于有足够的空间能够收养两只我心仪已久的夏尔特猫了。在荷兰，此类猫的数量非常少，排队领养可能需要等待数年。这时，我遇到了一位猫舍主人，她是一位非常热情的女性，照顾猫咪尽心尽力，对动物行为学很有兴趣，她几乎是立刻就获得了我的信任。在她的家中，不仅有猫，还有狗、孩子们和过客，家里充满着欢声笑语，吵吵闹闹但又不失幸福的甜蜜：这说明幼猫的早期社交教育可能非常优秀。

有一只猫一胎生了3只母猫和1只公猫。这唯一的一只公猫，就是以后的欧茶（Ocha是日语里"茶"的意思），而其中的一只小母猫，将成为米祖（Mizu，日语里"水"之意）。猫舍主人从猫窝里3个小丫头中挑出了米祖，其实这是欧茶的选择：从出生开始，它们两只就总是一起吃奶、玩耍和睡觉，形影不离，而不顾另外两只。而且，米祖的外形有些特别：它的前爪要短那么一点，使它的身体略微前倾，它常用一个有趣的动作寻求抚摸，像土拨鼠一样挺起后背直立，两只小前爪在空中颤动。我觉得它一定有短脚猫的血统，比起它的哥哥它跑得更快，而且有着令人惊叹的活力。欧茶，则是一个漂亮的小家伙，有着标准的长相，魅力绝伦。它并不拥有超凡的敏捷度和洞察力，但是它和它的妹妹之间温柔而亲密无间的关系却散发着强大的、和谐的气场——因此我曾一度忧心它们相互之间强烈的依恋会将我们这些饲主排除在外。但是很快它们就接纳了我和我的丈夫，我们四个形成了一个互相独立但又紧密多情的小团体。

夏尔特猫的到来让我的生活更富有艺术气息。之所以选择这个品种是因为我一直以来都着迷于它们所表现出来的美丽和优雅，着迷于它们完美的形态。它们那泛着银色与琥珀色的皮毛，柔和的曲线，和它们漫不经心却又雅致尊贵的姿态都深深吸引着我。我有生以来第一次允许两只猫在我写作的时候陪伴在一旁。每天早晨当我起床以后，总是会先给它们准备食物，给自己泡一杯茶，接着坐到我的写字台前。每天早晨，它们都会以各种姿态躺在我的大本子上，就像两个忠心的小护卫，守护着虽然它们不太理解，但对我而言很重要的东西。我们仨总是在一起工作，它们也聪明地知道要保持安静。偶尔，它们也会随便在纸上留个小爪印，将注意力转向我的钢笔或是键盘；大部分的时间，它们都只是一动不动地做我沉默而又忠实的守护者。当然了，它们也给予我灵感。当时我正在写一部名为《精灵的生活》（*La Vie des elfes*）的小说，在我的设想中这部作品需要符合深刻而又和谐的美学观，欧茶和米祖那美妙且温和的性格不仅能使我在写作时平静，更给我的小说带来思维的闪光点。

现今我们一同居住在乡村。我的小猫们醉心于这片无边无尽的领地，发现了微风、老鼠和蜥蜴，而我也将致力于完成《精灵的生活》的后续部分。我可能不得不与草丛里的田鼠争宠——以后自有分晓。但是我知道，正是它们天真优雅的风度激发了我的写作灵感，而它们的善良使我做得更好。

妙莉叶·芭贝里
《精灵的生活》《刺猬的优雅》《终极美味》的作者

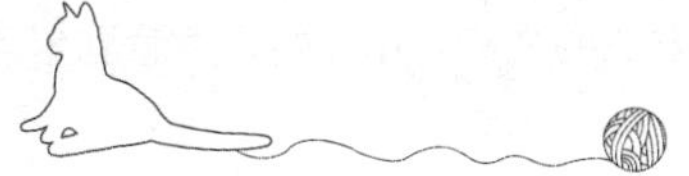

斯托米

家庭作业

当家里的猫出现了我们正在研究的疾病症状时，没有什么比这更能帮助我们切身去体会“病人”和主人的生活了。

大学校园里有3只已成为孤儿的小猫，其中有两只非常漂亮，而另外一只则显得有些不太和谐。那是1993年的3月，我的母亲正好来俄亥俄州探望我们，那个时候，我和妻子以及孩子们也全都已经做好准备迎接一只小猫的加入。

之前的那只猫死后，我们已经有一阵子没有养猫了，因为当时大家都需要一段时间哀悼它，平复心情。

全家人一起去看了那几只小猫，最后选定了我本认为最丑的那只虎斑小母猫，我们给它起名叫斯托米。当然，自从它加入我们的家庭之后，我便觉得它无比可爱！

斯托米两岁的那年夏天，我的妻子特蕾从加州度假回来，打电话告诉了我一件令人忧心的事情：斯托米不肯在猫砂盆里撒尿。当时我们在大学里正着手研究特发性膀胱炎的成因。这种病不管是对猫还是对猫主人都是一个待解的问题。我们刚刚发表了第一篇讨论寻找治病方法的文章，但我特别注意到生活环境和质量至关重要。

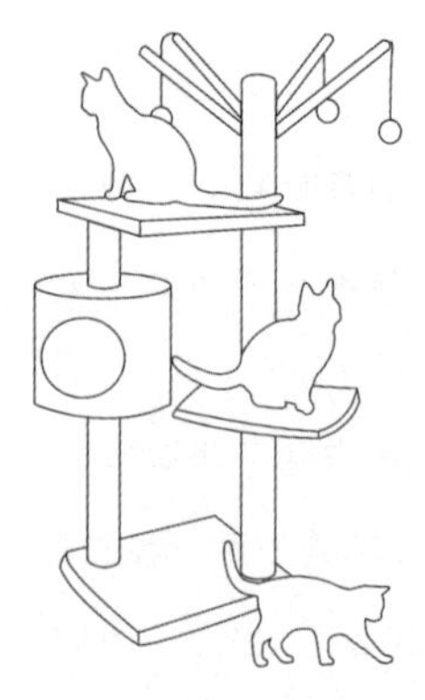

斯托米接受了现有的全套实验室成像器材的检查——对于一只猫来说，兽医的检查已经很痛苦了，而大学教授绝对更加可怕！它的膀胱内窥镜检查结果显示出了特发性膀胱炎的典型病征。

于是我们开始试图改变它的生活习惯，比如允许它去外面玩耍，至少花园里是安全的，而且附近也没什么公路。斯托米总是非常懂事，从不会离我们事先划好的范围太远。

这样的治疗方案对它很有效，它的膀胱炎似乎再未发作过。

在此期间，斯托米以一种有趣的方式让我发表的科学论文又有了进步；每当我的那几个长期住校的孩子在假期前后回家或者离开的时候，它就会出现消化系统紊乱的症状。对于患有特发性膀胱炎的猫来说，这是常见的症状，而且一般都是由于内在的焦虑而引发的。

尽管孩子们和它的关系很亲密，但他们放假回家是唯一引起它发病的原因。

那时我们在家里发起了一个全家参与的游戏，甚至可以说是一个竞赛，就是谁在地上最先发现斯托米吐出来的毛球，就可以免除清理它的呕吐物的苦差事！

斯托米一直活到了 19 岁，在它老了的时候一直忍受着慢性肾病和关节炎的双重折磨，这些疾病同俄亥俄州恶劣的气候有很大关系。我们在它的床前铺了小台阶，以便它爬上那温暖的床铺。而在它生命的最后时刻，也就是在 2012 年 9 月它最终离开我们之前，它还忍受了一段时间的老年痴呆症。

斯托米确实在平时的生活中给予我很大的帮助，因为它的存在，我对我在实验室中每日研究的那些患病的猫有了更多的了解。斯托米的患病使我感同身受，激励着我投身研究，希望能做得更好，去帮助那些承受着膀胱炎的小猫们，这个疾病今日被我们称作“潘多拉症候群”。

那时还有一只很特殊的小母猫，因为它患有尿路系统疾病，它那已被折磨得疲惫不堪的主人不得已将它送给了我们。当时，这只名叫克莱尔的小猫状况不容乐观，它长期承受着慢性疼痛和血尿的折磨，我们甚至很快就决定对它施行安乐死手术了。它已经不会给自己理毛了，总是会尿在猫砂盆外，而且不怎么吃得下东西。那些无奈的主人将他们的猫留下，就是为了帮助我们更好地了解这个特殊的病症，而这些生病的猫在这里将先接受几天的补水疗程，这样在施行安乐死之后，我们就能更好地观察它们膀胱的状况。当然，为尊重每一个生命，对这些猫所进行的治疗和研究都经过了伦理委员会的审核。

当时，我的一个研究员朱迪·斯泰拉建议将克莱尔的笼子放到稍高一点的地方，这样能让它舒服一点，因为它被送来之后就一直被放在紧贴地面的笼子里。

周末过后，朱迪告诉我说克莱尔的状况比以前好了很多，也开始慢慢吃一点东西了。我们将它的安乐死延后了一个星期，后来又继续延期。

3 个星期之后，朱迪带克莱尔来采集尿液样本，它的变化如此之大以至于我差点都没有认出它来：重新恢复正常的毛色让它看起来仿若重生。我看得出来，这是生活环境的改变对它的影响。

正是从那个时候起，我才真正明白那些看似微不足道的小事是何等重要！生活环境，譬如笼子放置的位置，光照条件，看护人的性情，甚至是平时清理和打扫的方式对猫咪来说都是至关重要的。这些并不只是细节上的尽善尽美，对于那些猫儿们来说这些也是它们战胜病魔的关键点。

今天，将猫安置在稍微高一点的地方的观念普及到世界各地，那些住院和被看护的猫都受益于此，而且也使那些平日里照顾这些猫儿的人不再背痛，只需伸出手臂便可照料他们的小病人！

我的研究员朱迪同时也教会了我如何正确地帮我们的猫儿们清理笼子。它们每一只都有自己的玩具、毯子等，而朱迪总是特别留心，会小心地将每件物品放回它本来的位置。这样即便笼子被清理了，小猫们也能找到自己的物品，而且还能回到令它们舒适的领地。猫和我们人类一样有自己的喜好，学会尊重这一点其实非常重要。朱迪有着非凡的洞察力和天才的实践能力，对我们大家来说是非常宝贵的。

斯托米和克莱尔，它们不仅仅改变了我的生活，它们的存在也帮助了成千上万患有相同疾病的猫儿们。正是因为它们，我才更快地认识到：病症的核心并不只是膀胱的问题——虽然那里是病症最终表现出来的地方——更是大脑的问题。

取材自
托尼・巴芬顿
哥伦比亚大学名誉教授

仙人掌和爵士

伟大的斗士和它的刀疤朋友

猫之间的兄弟情并不是一句空话。即使年龄相差几岁，这两只猫还是成了全世界最好的朋友，互相陪伴直到最后一口气！

我们去动物保护协会[①]给儿子领养一只猫。在那里，他相中了爵士。当时他非常想要一只黑猫。爵士看上去活泼可爱，而且很愿意与人亲近。当我们把手搭在猫笼的栏杆上时，它立刻就朝我们走过来，很是温顺；尤为特别的是，它的眼睛从始至终直直地盯着我们，紧紧地抓住了我们的目光。

爵士那时刚刚满 6 个月。它可能曾被遗弃或是从某个家里走失，所以在允许被领养之前，它还必须在认领走失动物的地方待

① SPA，société protectrice des animaux。——译者注

上一段时间，这些经历使得它渴望得到关爱。对我们的儿子来说，它绝对是一个理想的伙伴。

但是……事情完全没有按照预想的剧情发展！等到我们回到家中，爵士一走出笼子，并没有到处去看看，去闻闻，熟悉周围的环境，反而迫不及待地投入了我的怀抱，那时我刚刚打开笼门，正半跪在笼子旁边。从此，爵士就成了我心中的“牵绊”，我们的这种情谊伴随了它的一生。也就在那一瞬间，它认可了我这个“母亲”，那场景是那样难以忘怀，令人动容。

家中所有的成员中，它最是喜爱和信赖我。每当它生病的时候，它总是会来到我身边紧紧靠着我，似乎这样它会觉得舒服些，病也好了些。它真是非常黏人。

我曾养过很多猫，但是没有一只像爵士一样。从我小的时候起，就总是和猫在一起生活，因此，养猫成了我答应和我丈夫在一起的不可或缺的条件：“如果你想和我一起生活，就必须要接受家里有猫。”

感谢上帝，他对猫不过敏！由于曾经的爵士和仙人掌，今日的他对我们的两个新伙伴甚至有些过度保护了。

当爵士加入这个家的时候，我们已经有仙人掌了，它是一只6岁的虎斑猫，早就已经是一个小伙子了。

初见面时两只小猫之间还有些小摩擦，但并没有持续很长时间。爵士总是想着玩耍，而仙人掌也只知道玩耍。

仙人掌不愧是一只优秀的猫，即使它那时比较强势，也从不欺负爵士。

它迅速地接受了爵士，并陪伴、教导着爵士。它俩是亲密无间的好伙伴。

在爵士到来仅仅4个月之后，一场可怕的事故将它和我们真正地维系在一起。我们住在一座小山的侧坡上，而猫儿们平日里可以随心所欲地来来去去，对它们，我们并没有什么限制。很显然它们晚上常会一起溜出去。但那天早上当我打开门的时候，却见到爵士趴在门口的脚垫上，伤痕累累，眼球突出——那副样子十分骇人。它之前一定在门口喵喵叫过，但我们什么也没有听到。将它送到兽医那里时，我已经绝望了，并不抱任何幻想，我已做好准备签字同意它长眠。但是兽医说："让我先尽力做好分内的事，之后我们才能知道该怎么办。"

看到我这样紧张，那位兽医几乎要笑出来了，他说："把它放心交给我吧，兴许我们能救它呢！”但他也如实地告诉我们，爵士很可能会失去一只眼睛，甚至于失明，但是，“它仍可以很健康地生活”。就如同地球上的很多人一样，他们的生活只是和我们稍有不同而已。

爵士确实成了独眼。它花了好一阵才适应了自己的缺陷，甚至有两次从阳台上摔了下来。一开始，它走路总是歪歪斜斜的，还会不时地擦碰到墙面。后来它终于找到了诀窍，又能够和仙人掌一起愉快地玩耍了。但是当它们外出时我们也会小心看着它们。

仙人掌是一只很特别的猫，很有保护欲。曾经有两次，它的表现让我们很惊讶。第一次是在爵士刚刚开始恢复的时候，仙人掌嘴里咬着一只还活着的小老鼠跳上露台，接着它将猎物小心地放到爵士面前。它想通过这只老鼠礼物，帮助它的好朋友重新感受到生活的美好。

很久以后的一个晚上，仙人掌再次使我们惊讶。那时我们听到门外有猫在打架的声音，当我们打开大门走出去查看，却看到爵士像一阵风一样被仙人掌赶回家来，而仙人掌则在完成了它的使命——保护爵士的安全——之后立即跳上窗台，重新投入战斗。仙人掌是一只争强好胜的猫，但是它在打架时也不忘将爵士的安

全摆在第一位！对外强硬却这样保护家人，它有着如此伟大的友谊观和价值观。

在仙人掌死后，我们很讶异爵士完全没有表现出任何异常。至少表面上什么都没有，它做出一副一切都很好的样子。这在我们看来很是奇怪。但是仅仅 4 个月后，它就被癌症击倒了，这时我们才知道原来它虽看似潇洒，却将痛苦暗暗埋藏。

它总是这样，在患膀胱炎的时候也有一个小插曲。那时它痛得忍不住尖叫，而我丈夫试图移动它被它反抗抓伤的时候，我们才发现它的病痛。在兽医急诊室，除了面对诊所里那些完全陌生的小狗的时候，其他时间它一直都在隐忍着，安安静静。

肿瘤只用了一个月的时间就在它的肩胛骨间肆意发展，很快爵士就去和它的好朋友相见了……

仙人掌在它最后的时光里也忍受了极大的痛苦，由于尿液中的尿素含量过高，它已经陷入了近乎迷糊的状态。它会长时间将鼻子伸入喝水的碗里不动。除了吃饭外它也不愿意再站起来，它甚至连猫砂也不用了，就直接将排泄物留在身下，我只能每天替它换掉垫在身下的毛巾。今天再回想起来，我才觉得自己当时犹豫了太久，一直都无法真正下定决心。我一点儿也不想让它受苦。但是当这一切发生在自己的猫身上时，却很难做到真正的客观……它变得很瘦，身体在几个月之内就迅速垮了下来。尽管我要说的话很残忍——真是可怕的人类——但正是仙人掌生命最后的这段时光，让我真正体谅了在父亲处于同样没有希望的时候，母亲那撕心裂肺的痛苦和最终做出决定的艰难。作为他的孩子们，我们自然不像母亲那样和他亲近，我们也自然觉得做出这样的决定是最合理的选择……正是因为我自己的猫，我才终于明白了母亲的感受……

猫的寿命比我们要短得多。在我们的一生中，它们给予我们生命的教训，教会我们更好地去面对它们的离去，学会面对死亡。

我们把它们安置在花园中，让它们能永远和我们在一起。

取材自

米雷耶和帕斯卡尔·布鲁内蒂

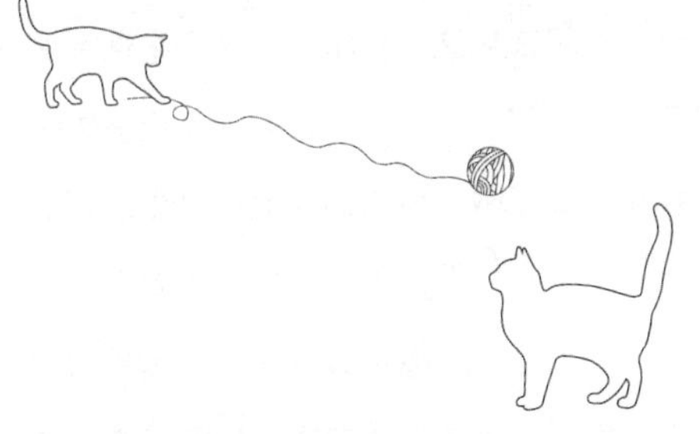

玛格特和凯茜

天堂，以猫的步伐

童年时，一些猫曾带我们遨游了镜子之外的世界，但是有时候我们却因难以启齿的原因而选择尽快忘记。我们不知道的是，正是它们在天堂指引着我们的每一步。

在1968年5月19日不可避免地到来之前，总是会有猫在我们家里或者花园里出现。但是那一天，玛格特的一爪，只那么一下，却令我永生难忘，我因此陷入了昏迷，虽然只有短短36个小时，但对我的家人来说是那样漫长而难过。

我不得不承认其实昏迷还挺让我开心的，就如同围绕着它的种种传说一样令人兴奋，除了我请病假的时机有些不太好，因为那时整个法国，包括我的所有同班同学都被卷入了“五月风暴”，陷入了一种反常的状态。

为何猫的一记爪子能将人送入那般田地？这情节委实太过于……超现实了。特别是当我苏醒过来试图还原发生的一切时……却发现自己什么也想不起来！这么多年来，这个事件完全擦去了我关于生命最初 7 年的全部记忆。但是那时在蒙塔基医院儿科诊所度过的日子，我却连最细微的事情都能随口讲出。我开始用心地感受生活！我记得一位身材看上去比病房门还要宽的护士；记得做腰椎穿刺的痛苦；记得一位奥尔良神经外科医生曾小心地帮我剃头；记得那个有着可爱名字的菲丽娜，她曾想为我做手术，但将我唤醒之后便觉得已无此必要，将我转给了我的儿科医生——魅力十足的夏农；我还记得在医院的院子里骑着迷你自行车绕了一圈又一圈，一边消磨时间一边期盼着能有人带我出去，那时的我用了 150 分的力气去努力生活。

但是当我回到家中的时候，玛格特已经不见了……被送给谁只有上帝知道了。而我却什么也帮不了它。它害我生了场大病，我害它被送人，不管是对我还是对它，似乎这都是必然的惩罚。大人的世界并不像孩子那般总是充满善意。其实玛格特并不是唯一的嫌疑人，卡介苗的疫苗也很有可能与我的昏迷有关（事实正是如此），但是医生们断定：是那“小野兽”的错，绝不会是科学出了错……

玛格特那时候传染给我的绝对不是什么简单的病菌，但具体是什么我也不太清楚，这些许年来，这种病菌至少改了四次名字。而我们已经知道这种潜伏于猫爪中的病毒也会通过虱子的叮咬传播。（这绝不夸张！）

在这个发生了“五月风暴”的美丽月份，玛格特只是轻轻地用爪子在我的右手拇指和食指间划了微妙的一下，便将病毒传染给了我，并在我的身体里潜伏了几十年。

在我住院后不久，我看了《美女与野兽》，之后又读了约瑟夫·凯塞尔（**Joseph Kessel**）的《狮王》（***Le Lion***），我如同书中的女主人公帕特里夏一样痛哭，似乎流尽了全部的眼泪。在六年级开学的时候，对于未来要成为记者还是兽医，我几乎没怎么纠结。但是直到 1984 年夏天我从图卢兹的兽医学校毕业，真正将文凭揣在兜里的时候，我才终于拥有了自己的第一只猫——莉拉。

为此，我曾参加过传染性疾病的课程，做过皮肤病学和血清学的检测，而且确定自己会终身注射疫苗对抗猫抓病。简而言之，我已经是成年人了，并且已做好准备重新迎接一只猫——最终是只小母猫——陪伴我左右。

从我昏迷到拿到学位，这段没有猫咪的时光有多么漫长，莉拉的到来给我带来的幸福就有多么甜蜜！

2010 年夏天的一个晚上，我突然想起了一些以前的事情。几个月之前我父亲的去世，打开了我童年记忆的闸门。

那是我参加一个关于猫科动物的医学会议的晚上，那天我的朋友玛吉用幽默的语言回忆起她已故的母亲以及她们之间紧张的关系，委婉说来，是因为她母亲不喜欢猫。

在她所做的关于关节炎的讲座上，她讲述了这则逸事：在她的母亲刚刚去世之后，她将母亲的骨灰撒到花园里的一株玫瑰下面，那里是她的猫们最喜欢歇脚的地方，以让母亲和猫咪和平共处。

于是我开始撰写一篇文章，内容是关于在玛吉的讲座之后我所想起的事情，关于那个可怜的牺牲品，那差不多是 40 年前的旧事了。在我 11 岁的时候，我是如何目睹了母亲对凯茜——

家里的一只小母猫——所下的狠手……凯茜那时唯一犯的错就是……到处撒尿。我花了38年的时间才想起这一切，而这已不能算是早期创伤了；而我的母亲，时至今日，也从未意识到自己曾犯下怎样的错误……

印象中，那时有工人来家里维修暖气。母亲曾想请他们帮忙解决，但是被他们拒绝了。我记得她嘟嘟囔囔地抱怨，说他们没有胆子……而我就在那里，看着这一切……父亲当时并不在家，那是一个闷热的夏日，差不多午后两点的时候。我的记忆中只剩下乙醚的味道，塑料袋，还有浴盆的颜色。为什么凯茜当时没有挣扎？母亲怎么能做出这样的事情？我当时应该怎么做？打119吗？可那个时候根本没有119，或许我应该打17。难道我们要打电话去举报给予自己生命的亲人吗？

何况，那个年月里也没有手机。我坐在现场却没有伸手去帮助那可怜的受害者……之后的好多年里我保持了沉默，将这一幕深深地埋藏进记忆里最深的角落。

多年以后，我终于坐到了电脑前，决定同玛吉以及我的另一个朋友希拉分享这一切，并不仅仅是作为一个教导兽医们麻醉、注射以及关注动物健康的教员，更是作为一个快乐的猫主人以及富有人道主义的好心人。就如那些心理学家常说的，把一切都讲出来吧，现在，记忆的闸门已经打开了。

也许就是在那一天，在那个阿姆斯特丹的酒店房间里，尽管整个城市都在为法国同荷兰对阵的那场足球比赛而沸腾，而我却清清楚楚地意识到了自己所背负的债，自 11 岁起，我就对猫这种动物充满亏欠，这是我立志要研究如何治疗猫科动物行为障碍的真正原因。其实，在绝大多数情况下，这种行为上的紊乱只是动物们在反抗违背它们天性的生活，是完全合理的反应。

只是人类拥有的权力太过于强大……而有些兽医的治疗又过于随便。不过，值得庆幸的是，时至今日人们开始重视环境改变的影响，尝试用各种方法和药物使猫能更好地适应改变，甚至会帮助小动物们找到一个更符合它们期望的家。有时候让一只猫离开它的原生家庭其实也未尝不是一件好事，反而有益其健康。

安娜 - 克莱尔 · 加尼翁

猫科兽医，记者

艾灵顿

生活中的快乐导师

人们并不会花费太多的时间去和他们的宠物交谈，可是现实却是，我们要和它们一起度过一天，甚至一生中的一些时光！认真地倾听它们，和它们对话，会为我们打开意想不到的视界。

作为一名法学教授，我一直从事与人类和动物相关的法律教学和研究。但是直到去年夏末，我才突然意识到陪伴在我身边的那只猫有多么出色。

那是一只可爱的喜马拉雅猫，它在莫扎特和柏辽兹之后来到了我们家，那时我和妻子都想换一换平日听的歌单，于是就给了它一个不一样的名字，艾灵顿。艾灵顿才刚刚过了它 6 岁的生日，正是喜欢“说教”的年龄。

在 8 月的最后几天，身为大学老师的我总需要为新学期做一些准备。随着年龄的增长，这样的时刻已不会让我觉得惧怕，但还是会有些许小情绪想要和我的小猫艾灵顿说一说，顺便问问它我为新学年的开始所选择的课题怎么样。其实我问它的时候并没有指望它能回答我。但是它紧紧盯着我，在那对小蓝眼睛的最深处，我惊讶地读出了它想说的话："你总是自以为是，因为你是老师……但是你知道我也是老师吗？还是你其实想都没想过吧？"

我惊讶地看着它，问道："你是什么老师？"它的蓝眼睛依然直视着我，似乎在说："我是教会人们快乐和享受生活的老师。我就在你的身旁，我整日整夜地照顾陪伴着你和你的家人，而你可能并没有真正注意过我。"

在艾灵顿之前我并不是没有和猫讲过话——其实我经常会和家里的动物们交谈，但它是它们中第一个促使我去思考，去重新审度这个世界的。在那次交流之后，我的职业生涯和家庭生活都开始有了变化，现在的我甚至试着按照它的方式教授法律课程，将生活的各种趣味融入课程之中。

就这样，我决定为它投入更多的时间，每天真诚地和它进行 30 分钟深入灵魂和意识的交流。艾灵顿是一只很善于表达的猫，它想说的话很多，但它并不会在每个人面前都如此表现。因此，我们之间这种每日的交流，不仅能让它高兴，也让我感觉良好。我们对陪伴在身边的动物的认识还是太过于肤浅了。只因为我们生活得如此忙碌，以至于没有人试着花费时间去认真和它们说说话，而它们要告诉我们的话，我们也只理解了百分之一而已。

艾灵顿是一只很有耐心的猫，从来不会讨要食物。它总是安静地等着我们准备好给它。但是它心里藏着一个极大的焦虑，需要它在每天拂晓——有时候甚至是深夜——悄悄过来确认我们是不是还好好地活着。当它对此实在是焦虑时，它就会来看看我们，然后才能安心地回去睡觉。如果我晚上睡觉打鼾，它会觉得特别安心，因为知道我一直都在。也正是因为它，让我能理直气壮地替自己打鼾的行为找到借口，我是在用呼噜声来抚慰它的焦虑，没错！

艾灵顿每天早上都会有自己的“舞蹈时光”，即使已成为教育人们享受生活的老师，但它仍是一只喜爱异想天开的小猫，因此它总是溜进阁楼去玩，那里才是它真正的领地。

在还是只小猫的时候，艾灵顿就已经是它所有兄弟姐妹中最有趣的那只了，正因为如此我们才会选中它。我们能够容忍它的一些胡作非为，譬如它抓烂了很多座椅的靠背。这是我们之间唯一可能会产生小小冲突的原因了。但我会由着它做它想做的，事后再和它谈谈这些事。毕竟这是它的天性，也是它作为一只猫与生俱来的行为特性。

除了这些缺点外，它还算是一只干净的小动物。

没有谁像它一样能在房子里发现许多欢乐的场所，且随着季节和心情的变化而总有不同。我日日看着它的一举一动，竟也学到了很多东西。

平日在花园里，身为一只品行良好的喜马拉雅猫，它从不愿去打扰那些鸟儿，甚至还会挺身而出保护它们，敏捷地赶跑附近出没的其他猫，这对它来说只是舒展了一下筋骨而已。最近它总

是在电视机前面，和我的妻子一起，或许是想给我们之间每日的交谈找一些新鲜的话题。我觉得它正在认真地观察着我们，似乎在酝酿着什么。它想要更了解人类的世界。

我的童年是在乡下度过的，我在贝特的一所学校学会了读和写，那是一个位于米勒瓦什高原入口处的小村庄。我至今仍清楚地记得从农场到学校的那 4.5 千米路途，还有总是提防着空荡荡的道路上会有毒蛇冷不防出现在脚下的恐惧。我曾有一个邻居不幸被蛇咬了一口后，在死亡线上挣扎了 3 个星期。

家里的猫很擅长抓它们，每每抓到都要很自豪地展示给我们看，但不会杀死它们，只是将它们放到地上。这只猫是在保护和它相伴的人类免遭毒蛇的伤害，但从某种方面来看，它也是懂得要尊重生命的。我猜想它这种大胆的狩猎方式只是为了释放一下多余的肾上腺素而已，它并不打算伤害毒蛇的性命。

动物们或多或少都对我的生活产生了影响，但是艾灵顿尤其特别，它使我意识到了我工作中的不足，更重要的是，它教会了我弥补这些不足。在它的快乐教学的课堂上，我只是一个初学者，因为法学一直是一门相当枯燥的学科。

所以今天，多亏了艾灵顿，我试图使法律课的教学变得更加轻松愉快。我的学生能够见证我从艾灵顿身上所学习的经验，毕竟当这只猫改变我的生活之后，一切变得如此不同！

取材自
让 - 皮埃尔 · 马尔格诺
利摩日大学法学教授，欧洲人权法专家
《动物法》（半年刊）负责人
通过该期刊，他投身于对动物相关案件的辩护

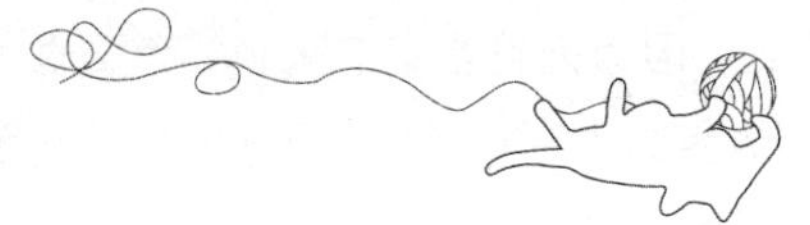

黑猫

我的秘密花园

有一些秘密比墓碑更为沉重。在很久以前，有一只猫，猫艾滋病，还有我。

在童年时代，我从来都没有养过猫，因为母亲一直声称她会过敏。那时我对自己承诺，等到我长大成人的时候一定要补偿自己，而我也终于这样做了。在我 18 岁那年，一离开成长的安乐窝，我就迫不及待地收养了自己的第一只猫。我总是陷入对猫咪们的热爱之中，以至于我们亲密无间，而我和我的黑猫之间的感情更是远远超过了亲密……算得上是轰轰烈烈了！

我的亲友们都觉得我对猫的热爱过于疯狂，但他们也大都认为这是因为我还没有孩子。因为一旦成为母亲，注意力就会转移了，所以当知道我怀孕的消息时，他们都认定我对猫的“痴迷”应该过去了。然而，事实上并没有，我还是那么喜爱它们。儿子的出生并没有改变任何现状，现如今，我还能够和儿子一起分享对猫科动物的喜爱。我只是将自己的狂热稍微节制了一点。因为无论我们怎么说，怎么做，一天都只有 24 个小时，而我的丈夫和孩子，还有猫，都需要我花费时间去爱他们。因此，现今的我最多只养两只猫，但很久以前，我曾同时养过 3 只。

在我们认识它的时候，黑猫就像个老流氓一样（它似乎本应该穿件皮夹克才对！），那时我们经常能在家中的花园里见到它。大家都对它一无所知，但是每次它来的时候我都会给它提供一些食物。它在附近徘徊了差不多两年后，突然决定要在我们家住下来，它甚至将自己的家当都安置到了我们的沙发旁边。

它绝对是一只爱打架的猫，因为它有着强健的肌肉，是一只勇猛的公猫。一日，我看到它对另一只猫发了火，进行着生死搏斗，它们双方都紧紧扒住对手，亮出尖利的爪子和牙齿，像龙卷风一般席卷而过，最后狠狠地撞在车库的薄铁门上。接着它们松开爪子，互相一阵猛击，然后再抱到一起，就如同我们在漫画里看到的格斗一般。但奇怪的是，黑猫从未和我家里已有的两只猫打过架，哪怕是它们在花园里共同生活时，也总能和平相处。

2005 年的整个春天和夏天它都住在我们的花园里，自在又独立。但是，每天晚上，它都会团成一团卧在围墙下等着我回家。在黑夜里我们只能看到它那双绿色的眼睛，眼神是那样的引人注目，那样迷人，在它那盘成一圈的暗色身形中闪烁。一次，它甚至还被请上了我们的沙发，因为我一度将它与萨菲尔——我的另一只跟它很像的黑猫搞混了。

我永远忘不了那一天，米米娜陪着它进了厨房，让它进来吃饭。而米米娜，虽然是只身材娇小的母猫（全部弄湿了称也只有 2.8 千克），却愿意做头领。它表示接受了黑猫，给了它许可，所以我不得不用纸箱做了一个小小的窝，将之放在房檐下为黑猫遮风挡雨，这时黑猫算是正式定居下来了。

黑猫最终在家里住下来的时候正是初秋，我决定给它先做绝育手术。但在那时我没有工作，所以并没有收入，因为不想给家人增加不必要的支出负担，我只好先将黑猫装进宠物外出笼，把它送到动物保护协会下属的动物门诊部。我把它留在那里，以便准备第二天早晨的空腹检查，进而施行绝育手术、确定身份和注射疫苗。在去诊所的路上以及整个的检查过程中它都异常配合，这着实让人惊讶，似乎它也明白这是我们要达成以后共同生活的计划所必不可少的步骤。

唉，我至今还清楚地记得第二天早上动物保护协会的兽医打给我的那个电话，她告诉我黑猫的血清检测结果是阳性，“猫科免疫缺乏病毒”，也就是说它感染了猫艾滋病。她想问问我会做怎样的决定，是生还是死？她这是什么问题！我当时正在超市购物。我和兽医再一次确认我想要给猫绝育，然后就迅速地挂掉了电话。在这繁华的购物中心里看着周围熙熙攘攘的人流，我呆立在那里，紧紧地抓住购物车，同时费力地去思考这个消息：我那只可爱的猫，它的好生活才刚刚开始，就已注定悲剧。我深为震惊，不知所措，仿佛脚下的大地都裂开了一般。但我几乎立刻就意识到黑猫的寿命已经进入了倒计时，而另一方面也想到它可能会传染给萨菲尔和米米娜，这让我进退两难。如何将这一切告诉我那也养着一只小猫的婆婆，她可是和我们共用着同一个花园。如何说出像“猫科免疫缺乏病毒”“猫艾

滋”这样的名词才能让黑猫不被别人伤害?

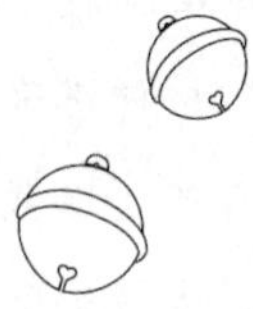

很快，我就下定决心隐瞒这个秘密，绝不能对亲友们透露，至少要对家里的人完全保密。因此几天之后，我拜访了熟识的兽医。她非常好心地同意和我一起对科学研究的资料做个分析总结，以便更好地理解这个疾病的发展：病猫的平均寿命、潜伏期，以及涉及与其他猫的关系时有哪些注意事项……多亏了她，我才能在完全了解了一切的情况下做出决定，这让我始终对她心怀感激。我觉得，兽医并不仅仅是治疗动物的医生，他们更是能够帮助我们、支持我们的人，特别是当我决定和生命已进入最后时光的黑猫一起生活时。既然这只流浪猫给了我这个荣幸，选择和我一起生活，我绝不会因为它身患猫艾滋而将它拒之门外。

因此，大名鼎鼎的黑猫正式住进了我们家里，而它也很快就适应了在家里度过这个温暖又舒适的冬季。每天早晨，它都会踱到门口用自己的小胡子测一测门外的温度，然后迅速地窜回温暖的地方重新打起瞌睡，它这算哪门子的“流浪汉”！住进来以后它就变得很爱干净，除了有一次，而这仅有的一次我和我丈夫都觉得其实可以忽略不计……那次它跳上我们的床，冲着不同的方向喵喵叫。我们被它丰富的语言能力逗得开怀大笑，直到它开始在我们的被子上撒尿。当然我们并没有因此责骂它，只是放它出去让它记住这个教训。我们听不懂它的语言……大概只有天知道它在讲些什么了。

在那个冬天（那时我还不是一位母亲），我一直提醒着自己时光短暂，恨不得好好体味每一分钟的幸福。每天早上我都会去给它买新鲜的肉（而且是品质最好的！），因为知道它的时日无多了。当然，生活的意义并不全都是食物！我只是希望在它还有机会的时候帮助它尽可能地享受生活。现在的我终于意识到，那时候我和黑猫之间所维系的是怎样的一种绝望的依恋。

黑猫确实与众不同。它的目光中有着令人难以置信的魅力，那绿色的眼睛似乎泛着金色的光芒，被它那身黑色的皮

毛衬托得愈发晶莹剔透。它是我们3只猫中唯一一只在吃饭时会上桌的，就坐在一张椅子上，像人一样沉着。它从不会偷吃我们的饭菜，我们也不会喂它，它喜欢这样简简单单地陪着我们，它那迷人的眼睛只是静静地看着桌沿。在它离去后很久，我试图在椅子上寻找它的身影，却终于意识到再也看不到它的目光……

来年的春天过得异常艰难。黑猫患上了牙龈炎，这让它吃了不少的苦头。兽医帮它拔掉了那些已经无法使用的牙齿——也可以说是剔除了那些害群之牙。但这些治疗已无济于事。我眼看着它吃得越来越少，而觉睡得越来越多。我感觉到变化已经开始了……在这无情的倒计时开始的时候，只有我心里清楚它到底是怎么了。可因为我早就下定决心不会将这个秘密透露给身边的人，我只能继续保持沉默，将它逐渐衰弱的原因深埋心底。那时的我经受着双重的痛苦，眼看着它逐渐走到尽头，却无法和任何人倾诉这个秘密。

它生命的最后一天是4月的一个星期五。那天我幸运地找到了工作（我觉得这能帮助我让它享受到应有的护理），下午3点的时候我正和另外两名同事待在办公室里，突然有了一些奇怪的感觉，仿佛是被一只无形的手扼住了脖子，让我喘不过气来，而不安的感觉逐渐开始蔓延。我冲进了洗手间，一名同事因为担心，紧跟着也进来看我。我告诉她："我感觉到了死神的气息，我觉得我的黑猫可能要离开了……"回到家里的时候，我发现它已经昏迷了。就是这样，最终的时刻临近了，生命到了尽头，我们却无能为力。我给那位了解情况的兽医打了电话，她来到家中为黑猫实行了安乐死，不用将它带去诊所，免除它最后的痛苦和压力。

那个周末我的丈夫并不在家，我在婆婆的帮助下埋葬了黑猫。那一天很热，在阳光的照耀下，我们在花园的一个角落里掘了个坑，而那个角落里也安息着曾经属于这个家的其他猫。整个周末我都在疯狂地打扫房子，从清晨一直到深夜，似乎想把死亡的气息清除干净。

我很快就做出决定，黑猫应该拥有一座坟墓，一座真正的墓。因为我不希望它就这样从这个世界彻底消失，像流浪汉一样被草草埋葬。那只漂亮的黑猫它不只有名字，而且它需要一个与名字相称的墓碑。幸运的是，我去墓地见到的那位墓碑制作人以前就做过动物的墓碑，所以当他听到我的请求时一点儿也不觉得惊讶。但是我想要的并不是一块冷冰冰的石板，我想要一些“鲜活”的东西覆盖在黑猫的身体上，于是我接受了花园墓的建议，在我的猫长眠的那片土地上种上许多花草。墓碑制作人用大理石为我组装了一个精美的石框，上面用大写字母刻上了黑猫的名字，放置在它的上方。10年过去了，年复一年，那些鲜花仍在那里盛开。

有趣的是，我其实只有一张黑猫的照片，一直摆在床头柜上，也一直被我设置为电脑的桌面壁纸，从来没有变过。我和它之间，就像是一个不受束缚的、两相情愿的故事，在它生命的最后几个月，我们亲密得如同用同一个鼻孔呼吸一般。是黑猫选择了我，而我也喜欢它，一如它对我的爱。在收养它的时候，我因为它的美丽、它的依恋、它的独立、它的神秘而接受了它，那我也就同时接受了它的年龄和它那致命的疾病，我从没有为自己做出的这个决定后悔过。因为在它去世前，我们还一起度过了那些幸福、珍贵而又特别的日子，这些远比失去它后的痛苦更珍贵，更重要。

取材自
贝朗热尔·莱尔梅
会计

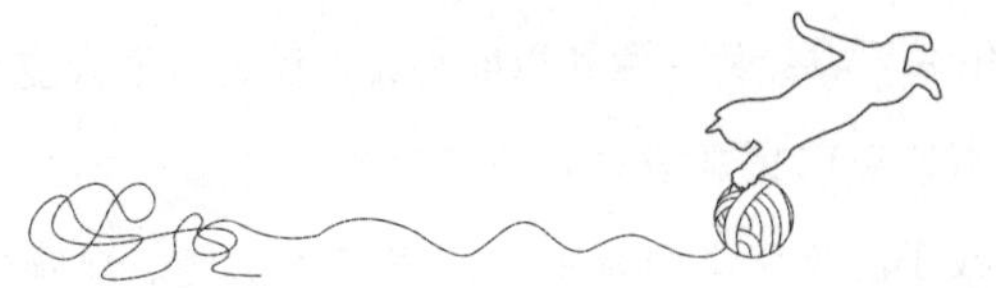

艾米

给玛戈的双重之爱

不管你处在哪个年龄段，一只猫的到来都可以改变你，有时候甚至比所有人预想的结果更好。猫知道如何用魔术的钥匙来打开那扇我们以为已永远关闭的心门。

我的岳父在2010年7月初突然去世了，留下了岳母玛戈一个人生活，我们实在是不忍心将她孤零零地留在旺代省的老房子里。形影不离的老夫妇已经一起走过了60多年的岁月，从未离开过对方。自从他们结合之后，他们就一直是个共同体，一同应对所有的问题。

对于玛戈来说，我岳父的去世不仅给她带来悲痛，更像是将她硬生生地撕裂开来，仿佛她自己的一部分也随之消散了。悲剧发生后不到一个月，玛戈就搬来了离我们只有5分钟路程的地方，当然，她仍带着自己的旧家具，只不过是换了全新的生活环境。新生活和以前相比，还是有很大变化的，她住的公寓比以前更加舒适，也更宽敞，还有电梯把双腿从楼梯间解放了出来，毕竟她的腿脚已不太灵便。尽管她的新家很惬意，可是总让人觉得缺了什么重要的东西……是的，欠缺生命的气息。

我的岳母玛戈从未养过猫。而在我的客户中，正好有一位女士一直在收养流浪猫，她教会它们适应家庭生活，并且帮它们找到新家。我告诉她，当她见到品种比较特殊的猫时请通知我。没过多久她就给我打了电话，向我推荐了一只身形很是庞大的黑色母猫，名叫艾丽莎。岳母虽然对我做的这个安排很吃惊，但还是立刻接受了它，并且给它起了个新名字艾米。

艾米带着它8千克的爱，被硬塞给了我岳母。而我们也将所有东西一起送到了公寓：猫、猫砂盆、猫砂、饭碗、猫窝、猫食……以及饲养指南！虽然是她的第一只猫，但岳母把它养得很好。

我的岳母比较含蓄，而且总是很谦逊，这既是她的本性，也是受她所受教育的影响。我从未见过她过于宠溺她的孙子孙女们，即便当她女儿还是孩子的时候她也没有这样做过。玛戈很少会主动与别人亲近，她的生活重心始终围绕着老公和家庭，从不表现自己的情绪。她就是这样，不抱怨，也不愿展示自己的喜好；既谦虚，又谨慎，不论面对什么都表现得很稳重。

艾米的到来带给她的改变是让我始料未及的。艾米像是找到了那枚神奇的按钮，完全没有预兆地，让我岳母开始前所未有地展现真实的自我：她开始谈论这个 4 只脚的新伙伴。一开始她称之为“你们”的猫，因为是我帮助艾米闯入她的生活的，但很快她就改称“我的”猫了。

艾米让她感到非常自豪，它也成为她和隔壁邻居们、和这个年龄段的人需要打交道的各种从业人员之间完美的沟通纽带：从护士到按摩师，甚至上门的医生，每个人都夸赞艾米很漂亮。而玛戈告诉我们的时候，那骄傲之情溢于言表。

像所有的猫一样，艾米喜欢藏起来午睡，特别是喜欢窝在被子里，这个习惯没少让我岳母担心，她总是在到处找它。艾米也确实帮助岳母动了起来，这种不停的寻找绝对是种开心的室内运动！可是比起她自己，她显然更将艾米的健康放在心上，猫咪的病历一直被她用心保管着。她常常会问我：“你帮我看看这只猫状态还好吗？”她总想让我来帮它做做诊断。

艾米的体重问题一直是我们分歧的焦点，但是这个话题是不允许讨论的，我岳母总是很严肃地声称：“艾米很害怕看见空空的碗底，所以我才会装很多食物给它……”

他们在一起度过了快乐的3年，艾米每年夏天都会陪我岳母回到位于旺代省的老家。在那里，艾米总是会成为邻居们的焦点，它就像一块磁铁，能为女主人和自己吸引周围人的注目，能有这样可爱的陪伴者是一件多么幸福的事情。毋庸置疑，我的岳母是在心里深爱着她的女儿、外孙和外曾孙们，但是她却更乐于展示和分享她和艾米之间的亲密，因为这让她觉得自己更受重视。谈到艾米的时候，她总是会说：“因为它很喜欢。”

一年夏天，艾米翻过天窗爬上老宅的屋顶上冒险，吓得

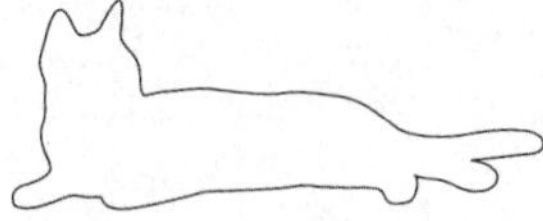

岳母六神无主。这么多年来，我们从未见过她为谁担心成这样，更何况她还如此无惧于表露对它的心意。艾米用它神奇的爱使女主人终于不再自我压抑。从那以后，我的岳母再也不会否认，大胆地敞露自己的内心也是件美好的事。

直到今天，艾米仍在家中过着快乐的生活，无时无刻不在提醒着我们，它给玛戈带来了怎样的幸福。

取材自

让 - 皮埃尔 · 基弗

退休兽医，2001 年起任屠宰场动物援助协会主席

帕斯泰尔和匹诺曹

如猫般心事重重的画家！

总有一些相遇会使人改变——你命中注定的女人，一只猫，然后第二只，通过这些点点滴滴，我从此只会为猫而画！

真正改变我生活的，其实是一只至今为止我从未提笔画过的猫。通过它，我初次接触到了一个陌生的世界，那是猫的世界。

我来自一个养狗的家庭，但是爱上了凯瑟琳，一个来自养猫家庭的女孩。

所以，当我们第一次拥有属于自己的小家庭的时候，从没有考虑过要养一只小狗。我带回家的第一只猫是只长着“白领结”的黑猫，很是漂亮。因为它长了一个很好笑的鼻子，我们就给它起名叫作匹诺曹。是它让我初次见识到了猫的魅惑。

对我来说，这简直就是一个全新的发现，是文化和行为坐标的改变。我开始学着和猫交流，感觉是如此的美妙。这和我以前所认识的“狗的世界”有着天壤之别。

那时的我刚刚开始自己的事业，画一些风景画。不知道为什么我从未想过要画一下它，是因为我还远未了解它吧！不幸的是，它很快就死了。那是在我岳母家的乡下度假的时候，它选择了一个错误的时间穿越马路……

第一只出现在我画作里的猫是蓓白特，匹诺曹的小伴侣。不过，当时的那幅画很快就卖出去了，可我的心里产生了一种奇怪的感觉：本应该为此感到开心的我，却觉得有些不好受。以至于我立刻就着手重新开始绘制，想要再画一幅出来。但是画出来的，却已是不同的作品了。这时我才意识到，情绪的变化使我使用了不同的色彩，也就改变了一切。

我只画我自己的猫，不管它是真实的还是虚构的，或者是画那些曾经与我有着深厚情谊的猫，之所以这样做，其中一个原因是绘画需要用充满爱的眼睛去观察，去发现。我担心如果我画别人的猫，万一猫主人认不出它们，可能会很失望。我总是深情地关注着自己的爱猫，而它们也会回馈给我一份独一无二的爱。因此，当我画画时，我是在描绘自己的梦，但是我不会画属于别人的梦。

尽管蓓白特是我画的第一只猫，但那时我还没有意识到以猫为主题的画作在我的作品中占有怎样的分量。直到有一天，我熟识的一个画廊经营者来为她在奥维尔的画廊挑选作品，她惊讶地说："天呐！贝尔纳，这里全都是猫啊！"

事实上，它们已经悄然无声地占据了我的画，方式是那么自然，以至于我自己都完全没有意识到。原来我已是如此重视它们，并坦然认可了对它们的热情——坦率地讲，我是上瘾了！一天我审视一幅保存在家的水彩画时，总觉得有些差强人意，虽然上面最显眼的蘑菇和远处的小村庄都画得很出色，但我总觉得哪里不对劲儿。还是凯瑟琳一语道破："画上缺了一只猫。"原来我忘记了最必不可少的！就这样，"猫奴"成了我的第二头衔，而我也转变成一个完完全全的动物画家。我最喜爱它们的原因，就是它们总是在我身边，就这么简单。它们谨慎而又谦恭，仿佛哲学大家一般每天都在教我要有耐心，要学会尊重，它们是我生活中的导师。

我生命中最重要的猫，是帕斯泰尔，只因为我们互相选择了彼此。那时猫妈妈在百丽岛索宗地区的公路上被汽车撞飞，留下了一窝 5 只小奶猫，它就是其中的一只。小猫们爬出了原先的藏身地，被一个露营者所救，但他当时显然有些不知所措。我的女儿们立刻提出想要帮助那些小猫们，并且暂时喂养它们。那是在夏末的时候，我在我的画廊里贴出了领养告示，并将其中 4 只小猫安置在了那里。剩下的那只小猫脸上有疤，就像被白色的刷子刷过一般，人们都觉得它长得有些可怕，所以没有人想要领养。而在我眼里，却觉得其实它才是最纯粹、最美丽的那只。

就这样，我女儿给它起名叫帕斯泰尔，它和我一起从百丽岛回来，加入了我们这个大家庭，与凯瑟琳的猫萨福，以及我女儿们的猫维纳斯和丘比特一起生活。

丘比特是一只很善良的猫，它虽已做过绝育手术，但还是奉上了自己软绵绵的肚子让帕斯泰尔去吸吮，不久它就真的开始下奶，这一刻使它变得异常伟大。因为它成了实实在在的非凡奶妈！

而萨福和维纳斯生产时我们已有所准备。我们虽然已事先备好了纸箱，可是它们却在 3 天内先后在我们的沙发上产了仔，都是在我和凯瑟琳看 8 点档新闻的时候。接下来的日子里它们轮流

给不同的小猫哺乳，制造机会分别外出狩猎和在花园里散步。看起来像是它们常常进错彼此的纸箱！然而事实不是这样的！渐渐地我们发现其实它们完全清楚自己在做什么，它们是故意爬进同伴的纸箱，来轮流履行母亲的责任。因此我们准备了一个更大的纸箱，将9只小猫放置在了一起，由这两个妈妈共同看护，帮助它们在做母亲的同时还能尽可能地自在生活。人们只有真正地观察它们，和它们一起生活，才能体会到猫咪其实是多么无私。

和猫一起生活，还使我学会了如何克服自己心底最深的恐惧，例如我对蛇的恐惧。

夏天，我所有的猫都喜欢时不时地送一条玻璃蛇给我，我不得不垫着抹布或是用拖把挑着它拿出去放生。一天萨福回到家里时，被一条游蛇缠住了脖子不能动弹，那条蛇非常强壮。它看上去像是埃及的法老蛇，只不过没有那么迷人。这时的我必须要想出办法救下萨福，绝不能屈服于恐惧和内心对这个小动物强烈的排斥。终于我成功将蛇从萨福脖子上解下来，让它重新缠上一个扫帚，迫不及待地将它丢入了花园尽头的一块地里去……过了好几个小时，我才重新去取回了当时和活蛇一起丢出去的扫帚。

那时候，我们认为在给小猫做绝育手术之前要先让它们哺育一胎才行（现在我知道这样做是错误的）。所以我们放任帕斯泰尔也成为猫妈妈。

我们为它准备了漂亮的纸箱，里面还垫了一件我的套衫，以便它会用得到。但是在半夜的时候它突然开始喵喵叫，并且跑过来找我。我徒劳地给它展示那个纸箱，可是它却坚持要待在我的怀抱里。我只好在凌晨 5 点钟的时候，腿上铺着毛巾坐在那里，任由帕斯泰尔待在我的膝盖上。大概没有几个男人能像我一样有给 5 只小猫接生的经历了。可能是因为它觉得在我的腿上生产，就是在我的保护之下，能彻底安心。

这是对爱的一个绝妙的证明。

我们两个算得上是形影不离了。它变成了我的影子，变成了另一个我。在 19 年的时间里，它从来不会抛下我，总是和我一起待在画室里。帕斯泰尔属于那种话很多的猫，但是它从不会无缘无故地乱叫，它的叫声总是会有一个正当的原因。平日里也是它决定我的休息时间——它会爬上我的画板，在上面打上一刻钟的呼噜。它的呼噜声就像是一辆小摩托车开过，常常令我心跳加速。

它总是能很轻松地跳上我们的床，除了它生命的最后一天。那天晚上，它跳不上来了，我抱起它将它放在我们被子上。它看起来很疲倦，第二天清晨，它就在我的脚下永远地睡过去了……

曾经有一只猫被我疯狂地喜爱着，它就是芳芳。它是一只阿比西尼亚猫，是我一直梦想要养的一个品种。我有一个原则就是从来不去买猫。毕竟在动物保护协会和猫咪庇护所公会已经有很多不幸的小可怜等我去认养。但芳芳的饲主提出了一个令我无法拒绝的建议：用芳芳换我一幅水彩画。就这样，芳芳闯入了我的生活。当然，也闯入了加歇医生家的小花园里，因为我家的猫在白天总是去那里来来回回地闲逛。每年的 4 月到 10 月间，当加歇医生的博物馆开馆的时候，它们似乎更乐于脱去艺术家的爱猫的身份，自豪地装扮成加歇医生的猫。因为加歇医生曾是领先于时代的前卫的动物保护主义者和生态学家，他甚至曾养了 12 只猫，两条狗和一头山羊。瓦兹河畔的奥维尔到今天仍旧是猫的天堂。

只有在每年的狩猎季到来时，我才会将所有的猫都圈在家里。不幸的是，漂亮、优雅的芳芳却有着悲剧的命运，它的生命太过短暂，它是唯一一个在瓦兹不幸被害的，当时它实在是太年轻了。为了能让它永远陪伴着我，我将它文在了胳膊上，它那像野兔般靓丽的毛色，已深深地融入了我的皮肤……

匹诺曹是第一只让我有所领悟的猫，而我所有的猫都对我的成长有所助益，它们教会了我一个重要的生活哲学，那就是关于尊重的理念。它们是大师，使我学到了要想获得别人的尊重，自己要先去尊重别人的道理。这和狗是完全不一样的！虽然我也深爱着狗这种动物，但是狗永远会追随着自己的主人，它们需要被人类命令，而对于猫而言，如果人们不尊重它们的独立性，它们便会离你而去。这是生活的课堂，因为当你习惯于尊重自己的宠物的时候，也就学会了尊重他人。

取材自
贝尔纳·韦克吕斯
画家

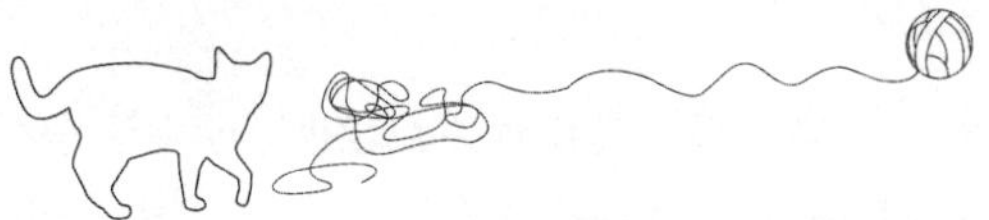

鲁坦

斑驳的皮毛填满了我的心

人们或许曾爱过马，但是，只要一只猫穿过你所走的道路，一切都将彻底改变，即使一切并非那么简单。

每一只猫都是不同的，这就是我爱它们的原因！而且，它们还会在不知不觉中改变我们的生活。多亏了它们，我每天早晨都期待着去工作。不过，虽然我很喜爱它们，但真正让我决心成为一名猫科兽医的，是我的第一只也是唯一拥有过的那只猫。我出身于一个喜爱养马的家庭，从青春期，甚至更早的童年时代开始，我就计划以后做一名专治马匹的兽医。

我在兽医学校学习期间，曾有一个周末去同年级一个朋友家的农场玩，她是一个彻彻底底的“疯狂猫女”，养了很多只猫，特别引起我注意的是一只钻在沙发下睡觉的小母猫。它只有在需要使用猫砂盆的时候才会离开那个庇护地，还要忍受其他猫发出的低声威胁，甚至有些时候它不得不躲在淋浴下面的一个老鼠洞里！

我立刻喜欢上了它，没有任何预兆，我也不明白这是为什么。周末结束后我就带着这只三花小猫一起回了家。我那个不怎么喜欢小动物的未婚夫那时刚好去中国出差了。趁他没回来我先给他吹吹风说我们是时候该养一只宠物了，我觉得猫就不错。那时他的一个同事告诉他，我说这样的话肯定意味着猫已经进了家门……没错，就是这样！不过谢天谢地，他愿意支持我的决定。

鲁坦①当时只有七八个月大，但是它已经被送出去四次了，可每一次都会被送回来，没有人真正愿意收养它……它是一只有着挪威森林猫血统的三花猫，体型略小。它很快就征服了我的先生，并且把他变成了比我还要热诚的猫友。

我之所以最终成为猫病专科医生，确实是鲁坦的功劳。特别是如今我上门问诊，就是因为我曾经体会过带鲁坦坐车时地狱般的经历。它不管不顾地尖叫就像是一头发情的麋鹿，简直太可怕

---

① Rutan 是瑞典语词汇，意思是无规则的斑驳。这个词表明了它皮毛上有各种不规则形状的色块和线条。

了。它让我明白了原来去看兽医对它来说是多么恐惧的梦魇。正是多亏了它，现如今做兽医的我宁愿上门看望我的客户和小病人们，也绝不愿强迫他们来我的诊所。

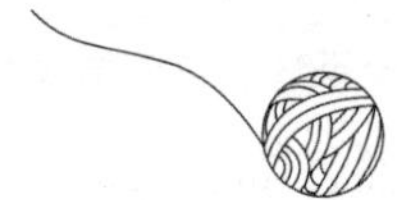

不幸的是，在共同度过了 4 年的幸福时光之后，我的丈夫突然病倒了，我不得不将他送去急诊。起初我们以为是他的心脏出了毛病，但事实是他患上了严重的猫过敏症，而且无法治愈……

当他还是孩子的时候，他害怕所有的小动物，而他的父母亲也从来没养过宠物，所以鲁坦的到来曾对他很具有吸引力。他不愿意进行任何的脱敏治疗，只因为害怕看医生和打针。结果每天晚上我结束工作回家之前，不得不将从头到脚的衣物都换一遍，以防携带过敏源回家。

让我最难过的是，这时的我必须要找个新的地点安置鲁坦了。我感受到了要放弃爱猫的那种撕心裂肺的痛。托它的福，从那以后每当这样的悲剧发生在我的顾客身上时，我也会感同身受。

从好的方面来看，自从知道家里再也不能养猫后，我就着手在诊所里开发更多的养猫客户，终于有一天变成了只接受“猫顾客”的兽医。我的客户们很快就在我的周围替我传出了口碑，四处传说我不仅自己非常喜爱猫，而且也很讨猫咪的欢心。

猫真的是一种聪明的生物——只有那些没有真正和猫咪相处过的人才会否认。它们常常会用认真的神情观察人类。

在我看来，和猫的每一次相遇都是令人开心的。正因为如此我才能和那些很讨厌兽医的猫们相处愉快：它们能感受到我的爱，而这种感情来自于鲁坦留给我的缺憾。多亏有它的帮助，我才能成为一名更加优秀的兽医。

因为鲁坦是我的第一个“宝贝”，而我是它的“妈妈”，所以事实上我绝对不会让它真正离开这个家。它成了我母亲的猫，就住在离我们家不远的地方，大概 3 小时的路程。在它刚搬去那里的 6 个月里——那个时代还不存在 Skype 这种通讯软件——鲁坦和我每天都必须要通话……时至今日，即使它早已离开这个世界，也不能阻隔我们之间的交谈！

即使我已不再是照顾它的那个母亲，鲁坦也总是能轻易地认出我，甚至认出我开的车。每次我到的时候，它总是会在第一时间出现，等着我向它和母亲问好。它很快就完全接受了我的母亲，甚至将它和我在一起的小习惯都转移到了母亲身上。例如，喜欢卧在她的枕头上，或是每天早晨估计着她要醒过来的时间，溜进房间将小爪子无限温柔地放在她的脸颊上。

小猫爪子温柔的触感是那样令人着迷，就如同婴儿柔软的小手——最简单的碰触也会让人内心荡漾……鲁坦很是会猜测我们的想法，比任何人都能更好地预料到我们的反应。

它 15 岁的时候病倒了。我的母亲出于一片好心，并没有告诉我它生病的实情，以免我担心，尤其是鲁坦每天都吃很多却一直在消瘦。她带着它来到我的诊所，我不得不想办法先使它平静下来，再接受检查。血液检查看起来一切都好，肾功能也没什么问题，但是通过检查发现它患有甲状腺功能亢进，这个病现在在老年猫身上很普遍。可是鲁坦的情况又有些不同，病魔可能已经侵害了它的心脏。在麻醉后的第二天，它就在我母亲家里去世了，就在她的房子里。我甚至没能赶到它的身边同它做最后的道别。我有太多的遗憾……

所幸，我的母亲是一名护士，她能够在见到它迅速衰弱的时候尽心做最后的照料，帮助它平静地离去，没有痛苦和压力。

我真的很难过，15 岁的它在我眼里还是那么年轻，虽然我母亲总说“它老了”。其实我很明白，我心里满满的悲伤，无关它的年纪。

我要感谢鲁坦，这段有它陪伴的经历让我明白了很多事情，现在我已经知道，我在未来新开的诊所里将会和猫咪更加友好地相处。为了它，我会每日怀抱着爱和幸福去照料所有的猫。

取材自
安娜 - 凯伦·安德森·兰德格林
猫科兽医

朱莉

家庭圈子的延伸

家庭生活往往有起伏，有苦乐，而它的高潮部分或许是一只叫作朱莉的完美小猫，直到它最终去追寻自己的自由……

我们曾养过很多只猫，每只都有自己的优点，但是朱莉拥有全部的优点，可以称得上是最理想的猫：它干净，对人热情，而且还非常独立、忠诚——它每天都会在固定的时间回家——同时还既谨慎又专注，是梦想中的宠物。

所有的猫都有自己的忍耐极限，而当朱莉已经厌倦了被抚摸的时候，它也从不会亮出爪子，或是表现出任何的攻击性。

它到来的时候还是只小奶猫，有着一双漂亮的眼睛，看上去非常有趣。在它的成长期间，我们经常一连几个小时都在观察它，看着它一点点探索新领地，扩大自己的活动范围，这是一件非常令人着迷的事情。它就在我们的眼皮底下逐渐形成了自己独特的个性——真要说起来，它就同家里的小孩子一样——并且在这个家里渐渐长大，成功占据一席之地，带着只有猫（还有智者！）才能做到的自信。

虽然动物和人类之间总有些差距，但是两者的相似之处还是惊人的。它成为这个家的“宠猫”，代表着家庭的团结，而它也为此做出了自己的贡献。

它的一举一动总是很优雅。而且似乎什么都难不倒它：比如抓老鼠，比如出去闲逛一天之后回来，比如养育小宝宝——我当然明白这不是必然的！但是我们还是给它机会生了第一胎小猫，虽然接下来帮小猫们找到合适的家比我们想象的要麻烦很多，但朱莉能很好地应对这一切。后来，我们为它做了绝育手术。

它不像其他猫那样会跳到门梁之上，占据所有栖息处中最高的那个观察哨：一边做着高难度体操，一边不断地挑衅和炫耀，它们的动机不只是为了使我们惊讶，更多的只是为了找乐子而已——每只猫都是打盹儿的守门人！

它是我所有猫中唯一不会这样做的。

晚上，它通常都是和我的孩子们一起入睡，被它选择的那个总会受宠若惊。一切决定都取决于它的心情而已。往往一大早，它就会唤醒孩子们去准备上学了。我们在家里找到了一张照片，照片上朱莉依偎在孩子的膝盖那里，如同田园诗般的恬静。

在我们毫不知觉的情况下，它用自己的亲切拓展了家庭圈，并给了这个家它所象征的充实感。它已真正成为这个家里的第四个小孩。

它的出现改变了我对动物身份的看法。

它甚至连赌气的时候也是美丽的！猫——特别是它——是那样完美的动物，看着它们行动是一件让人赏心悦目的事情，也让我们欣赏了这么多完美的形态。

和它在一起生活，让我对“敏感”的概念认识得十分清楚了，因为它就是我身边一个活生生的例子，而我们都要对它的这种敏感给予必要的尊重。

在那个时候，我们身边还有很多其他的动物：兔子、山羊和狗。但是和朱莉在一起时，我们似乎总是处于相同的波段，无须多言就可理解彼此。

也许正是因为猫不会说话，它们才能传达给我们许多别样的信息，凌驾于语言之上，并扩大了我们之间的交流领域。

我一直都很爱猫，在朱莉之前我也养过猫。但是这只小猫身上却有一些特别的品质，在那时，正是这些品质帮助它融入了我们的家庭生活。

当我们尊重它的动物本能时，猫也会回送给我们一面照出我们真实面孔的镜子，以及一张邀请函，邀请我们共同去超越，去寻找我们的目标、命运，以及某种形式的完美。

似乎它在对我们说："你可能正在寻找着什么东西，但是我会一直在这里，我们之间也并没有什么不同。"

它热爱一切，当它趴在膝盖上或是在我们身旁时，总是一副若无其事的样子；它喜爱低调的接触，简简单单地待在我们身边就好。全家一起演奏音乐的时候，对它来说是段开心的家庭时光。它喜欢这个家庭圈，尤其喜欢那些爱着它的孩子们，他们给予了它尊重，尊重它的动物本能，而最终创造出来的是相互间紧密的联系。因为要学会与猫沟通，必须要先适应它的行为，它的动作，与其形成共鸣。朱莉和 3 个孩子之间的联系尤其亲密，它曾是这个家里的第六个成员。

在它 12 岁那年，它突然消失不见了，再也没有回来。我们找了它很久，却没有找到。

确实，公路离这里真是太近了，而那些汽车又开得实在是太快……

有一天，我们终将失去所有的猫。不幸的是它们生来就不会拥有和人类一样的寿命，它们只会在我们生命中的某一阶段留下浓墨重彩的情感。

猫和我们之间爱的故事，永远只会以悲剧结尾……

取材自
帕特里克·朗德里
退休信息总监

拉美西斯

家里的第三个孩子

17年，从童年到参加工作，这是生命中一段神圣的时光。在这段时光里，陪伴我的是一名忠诚而又深情的家庭教练，它叫拉美西斯。

它是我们的第一只猫，曾陪伴了我们的整个童年和青少年阶段。

那时我们刚刚搬到贝桑松，之前在里昂养的那只猫不幸被车撞了。我姐姐卡伊萨的一个同学家刚迎来了一窝小猫，如果没有人愿意领养就会被送去屠宰场。她的爸爸开了一间印刷公司，因此他将正在等待领养的3只小奶猫放在了公司的仓库里。

我们和父亲一起去了那里，本打算为卡伊萨领养一只小猫，因为她是姐姐。他们相中了王子，一只全身黑色的小猫。但是那时最多四五岁的我却在旁边哭了，愤愤地觉得不公平，我也很想要一只自己的小猫。于是父亲又带着我们转了回去，这一次我为自己选了一只小猫，并为它起名索尼克，当时我并没有发现这个小可怜的一条腿和髋部都很不好。最后，在印刷厂主的建议下，我们将它送了回去，换回了第三只小猫，它最终留了下来并被我们称为拉美西斯。每当我从幼儿园放学回家，都会先看一眼拉美西斯，看它爬进自己的篮子里，它的篮子通常就放在客厅和厨房之间。

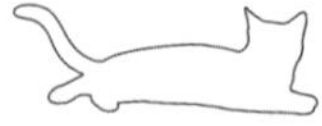

王子只活了两年的时间，就很不幸被汽车撞了。拉美西斯从此升级为全家人的猫，尤其是孩子们的。它会和我们一起在床上睡觉，我们只要将被子的一角抬起，它就会自己钻进来。它也有很多屡教不改的小怪癖，譬如它喜欢舔我们的耳垢，它这么做会让我们觉得很痒并且笑个不停。每当睡到半夜，我们自投“舌网”时，它都会毫不犹豫地将我们舔醒。

我们是和拉美西斯一起被父母养大的，它就是我们这个家里的第三个孩子。

当我们搬到都兰地区的乡下时，它逃跑了，我们全家都崩溃了。那时我们正在等待新房子空下来，所以全家人不得不住在露营车里，我的父亲至今仍能清楚地记得在那里的每一个夜晚，他是如何怀抱着坚定的信念和希望等待着喵喵的声音传进来……直到它失踪的第十天，终于梦想成了现实，拉美西斯找到了我们的露营车和房子。它回来的时候虽然很瘦弱，可是团圆是幸福的伟大时刻！

拉美西斯是独一无二的。我们可以对它为所欲为，它最喜欢的是将自己翻躺过来亮出肚子让我们抚摸。真是甜蜜的时光……

每当它从花园回来的时候——我们住在广阔的乡间——它会敲敲门，然后喵喵叫着呼唤我们为它开门。接着它会跳上自己固定的座位，后背朝下，向那个前来帮它擦拭的人伸出爪子。只有当它觉得四肢都干净了，它才会从自己的位置上跳下来走进房子里去。是妈妈教会了它这套规矩，而它也一丝不苟地坚持了下来。

拉美西斯有着一颗遵从直觉行事的内心，它总是能够理解我们，能预料到我们的需要。当我们在家的时候，它都会跑来抚慰我们。只要我们之中有人在悲伤或哭泣，它一定会来为他擦掉泪水，尤其是对妈妈。

它常常会来到桌旁吃饭——它有自己固定的座椅——特别是当父亲不在家的时候。它的最爱是酸奶和冰淇淋。早上，它会和妈妈一同进餐。偶尔当我们不在家的时候，它和我的父母亲一起睡觉。每天早晨 6 点，它都会像瑞士钟表一样唤醒他们，让我父亲替它打开窗户，它就能顺着窗外的藤萝爬下去，到花园里消遣时光。

拉美西斯一直都被看作是这个家里的一员。它的行为举止和大家都一样，还是我们所有人的知己。当父亲旅行归来的时候，它会热情地迎接他，后来，我们家所有的猫都会跟着它一同迎接。因为父亲平日里比我们要安静得多：他到家后，找个位置坐好，猫儿们就会欢欣鼓舞地拥到他的身边，甚至爬上他的肚子，这里对它们而言是一个很好的平台。父亲则会给它们一个大大的、温柔的抚摸。而我们对猫过多的喜爱在它们看来实在是有些不知趣，尤其是我，最爱和拉美西斯动手动脚了，不过它还是很喜欢我。我们从未将拉美西斯看作是一只小动物，它在我们眼中就是一个介于婴儿和孩童之间的小生命：只不过身体条件和我们完全不一样而已。

有了它，我们渐渐变得更有人情味了，甚至成了素食主义者（即使它不是！）。当猫去猎杀一个小动物为自己寻找食物的时候，并不会像我们人类这么残忍。

拉美西斯向我们指明了一个事实，其实可以不需要语言，就能猜出别人的需要，而且既低调又简单。也多亏了它，我们越来越相信自己的直觉，也更敏感地去感知这个世界。

当你们的家中也有一个拉美西斯，你们就会知道，其实动物也会成为家中真正的一员。

它陪伴着我们的成长，一直活到了17岁，还陪我们经历了3场高考——因为我第一次考试失败了，第二次才以自由报考人的身份通过了。

当拉美西斯生病的时候，我们已经离开了乡下，搬到了巴黎。我们那时搬过很多次家，对它来说肯定是太多了，也就是那个时候，它被医生宣布罹患了肿瘤。毋庸置疑，失去一个大花园对它来说是致命一击。

因为兽医已经无能为力了，我们将它从医院带了回来，我们都不希望它在远离我们的地方死去。当它感觉到死亡临近时，它拼尽全力来到了位于公寓最尽头的我的房间，在这里咽了气。我的父亲从不是感情外露的人，可连他也哭了，甚至直到今日，当他讲起家庭悲剧的时候，当他回忆起它的时候……那时我们全家都在巴黎，但我还是去了一趟都兰，只为将它葬在它最爱的乡下，那里有它最幸福的回忆。

因为我们都已经开始工作了，所以在离开乡下的时候，我们决定再收养一只猫来陪伴拉美西斯。它在生命的最后 4 年都是和伊西丝一起生活的，而伊西丝就像是它的女儿一般，也是它教会了伊西丝如何打理自己，因为小伊西丝从自己的母亲那里并没有学到太多。

它们两只经常在一起玩耍，让我觉得伊西丝的出现能帮助它缓解一部分失去花园的悲伤。

和伊西丝一起生活后，又有了奥西里斯，这种亲密的“亲子关系”一直延续了下去，因为奥西里斯也接纳了之后新来的小家伙——皮欧 - 皮欧作为它的儿子。我们养的公猫也有很强的家庭观念，而且非常有爱心。它们每一只都很习惯于和我们一同外出旅行，但是和拉美西斯一样，它们也需要一个花园……而不是什么公园、阳台和排水沟。

取材自

热罗明・勒巴泰

程序员

协助：女帽制造商卡伊萨・勒巴泰，还有拉提法和让 - 保罗・勒巴泰

伊兹诺古德

只能委托给专家的猫

生命有时就像雅克·布雷尔在一首歌中唱到的那样，想见到维耶尔宗的人见到了沃苏勒。我们想要某一只猫，可另外一只才是你的命中注定。它改变了你的生活和原本的眼光。

我们家一直都养猫，它们与我们一同生活，所以对我来说，爱猫是一件很自然的事情，何况我们家从来没有养过狗。在我进入兽医学校后，大约一年级的时候，我曾想更深入地了解一下缅因猫这个我最心仪的品种。作为一个合格的Y时代新新人类，我用谷歌搜索了“缅因猫饲养员”，并且点击了我找到的第一个地址。我给那个饲养员打了一通电话，她很亲切地邀请我去参观她的农场。她是一个狂热爱猫的饲养员，而不是将其视为一份普通的工作。我注意到她支持远缘杂交，而且对品种的基因遗传非常挑剔，她极力主张不能过度进行近亲繁殖，不要为了得到拥有赛车般漂亮线条的猫而不考虑猫的生理和健康这些最基本的因素。她曾花了超过 10 年的时间去研究如何消除猫心肌病的问题，并且会定期咨询一位超声波心电图方面的兽医专家。

我在参加里昂猫展的时候再次去看望了她，并且对自己许诺，等在经济上合适的时候，我也要买一只灰色的缅因库恩猫，那种颜色的猫是我最爱的。

通过 5 年的兽医专业学习，我更好地了解了这个品种，特别是在饲主要通过对话与它们建立信任感等方面。

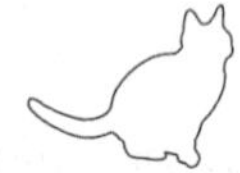

在我读到第五年的时候，具体来说是在我论文答辩的一个月之前，我在她的网站上看到刚好有一窝新生的小猫，于是我立刻给她打电话预定了一只，正是我想要的缅因库恩猫。

当我到她家的时候，我看到了新生的那窝小猫，但在那些漂亮的小猫身边，有一个像“虾”一样的东西，那是一只比其他猫小很多的小猫。她立刻为我解释了原因：小猫的脐带出血太多，导致它不能吮吸母猫的奶水，虽然它的母亲绝不会拒绝它。饲养员不得不用奶瓶喂养了它一个半月，在接受了抗生素治疗后，它终于恢复了正常的生活，并且在慢慢弥补自己有些迟缓的发育。

饲养员并不打算出售这只小猫，因为即便目前并没有发现任何异常，她也不愿让小猫以及它未来的主人冒一点点风险。而且，她还对我说："我只放心将它委托给一名兽医。"

就这样，我成了伊兹诺古德幸福的主人。当然，它虽是一只缅因库恩，但不过是只橘色的公猫，而我当时本打算买一只灰色的小母猫的！

伊兹诺古德在我论文答辩后的第二天来到了我的新家，它在那里遇到了丹卡，那是我在读书期间养的一只欧洲短毛猫。

与这只猫咪的相遇确实改变了我之前对饲养员的一些认识，也使我更加坚定了想要获取更多关于猫科医学方面知识的想法，因为在饲养中所产生的问题，和兽医学中所遇到的问题有很大的不同。此外，还有很多真正的科学上的挑战要去面对。

伊兹诺古德同我在公寓里的日常生活给予我很大的帮助，特别是使我理解了，譬如说，杂种猫和纯种猫的区别。通过每天对它的观察，我发现在书上曾读过的那些关于缅因库恩猫的行为描述全都是真实的。

这些实用的知识都在我为客户提供意见的时候提供了帮助。例如，我妻子带回一条小小的野狼犬，它与伊兹诺古德结成了兄弟般的友情。这样的情况我以前也是知道的，但现在我在家里就能看到它们在一起玩，当我再为饲主提供建议时，我能清楚地知道自己在说些什么。

我仍会时常将伊兹诺古德的现状转告给它之前的饲养员，多年来我们一直保持着联系。

在参加培训的时候，我从身边的国际猫科医生身上看到，他们为了这样一个在生理、行为和医学表现上都如此独特的物种而付出了同样的热情。它们挑起了我们的好奇心，也不断刺激着我们的神经。

如果我是与兔子、豚鼠之类的NAC（新品种宠物）一起长大，那么现在我很可能自然而然地就选择了这些物种，它们也是那样独特。但事实是，我是和猫一同长大的，所以今天，考虑到近年来关于猫科兽医学那令人印象深刻的研究成果，我觉得猫科兽医是一个很好的职业选择。

尤其是，要想在猫病理学方面取得成就，需要投入大量的时间；而作为一个完美主义者，我觉得要想同时在猫和狗这两个不同的物种研学方面做到出类拔萃是很艰难的事情。

正因为如此，我决定在英国做猫科医学的实习医生，继续我对知识的探索，以便能更好地理解和照顾那些猫。

取材自
马克 - 安托万 · 拉帕尔
兽医

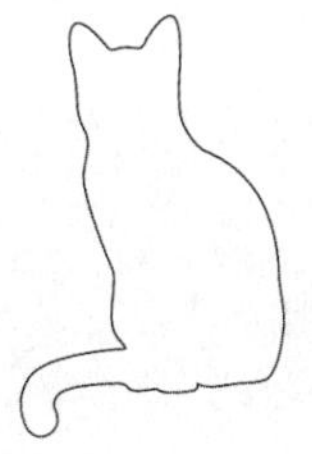

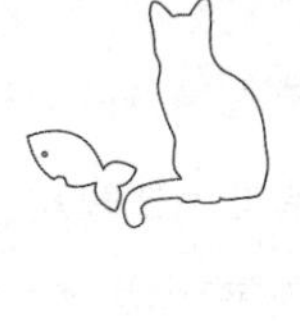

小猫和阿喵

一只猫的生命气息

和猫在一起就像和我们所爱的人在一起一样，往往生死相依。在我们有所疑虑的时刻，它们虽不会是最先鼓励我们的人，但它们的鼓励却是那么及时，且有着卓越的效果。

我和弟弟是在一个喜爱猫的家庭长大的。家里养的猫基本上是欧洲短毛猫。

杰克斯是只很好相处的猫，它爱所有人，还会主动亲近他们。记得有一次我们在新家举办暖房聚会的时候，它和 25 个人共处一室，竟然表现得如鱼得水般自在——在宾客身上蹭来蹭去地撒娇！杰克斯是一只美国刚毛猫，而且是这个品种刚刚传到法国的第一代，所以它拥有完备的家谱和纯正的血统，但是我并不是因此而对它青睐有加的。我爱它更是因为它陪我度过了我的整个学医生涯。

美国刚毛猫是一个有些特殊的品种，它们毛发的长短和质地都和其他猫不大一样，有些毛比较短，还有一些是卷毛。它们一直以来都是以低致敏性而著称的。但是当我们抚摸它们的时候，会产生一种很不一样的感觉。杰克斯以前的饲主给它起了一个很滑稽、很长的名字，我根本记不住，所以他又给它起一个新名字“杰克斯”——作为它的代号——这个名字也并不太讨喜，所以我总是简单地称呼它“小猫”。

它有一张滑稽的猫脸，看上去是那样与众不同，尤其是那身材，就像是刚刚从卡通片中走出来一般。

我还记得那年我去挑选小猫的时候，其他的猫咪都挤在母亲的怀里吃奶，唯有它带着好奇的神情转过来走向我。是它第一个冲到我面前，是它选择了我！

我的记忆中一直有一只贪玩又善交际的小猫，它从来都无所畏惧，来我家后很快就结识了隔壁的邻居，一只略微神经质的杰克罗素梗。每当两家的门都大开的时候，它们两只就会纠缠在一起翻滚，如同特克斯·埃弗里制作的卡通片里经常出现的那样。

不过它们从来都不会真的撕打，只是每天打打闹闹玩耍而已。

我有几个朋友买了一只成年的缅甸猫，但性格不大好，它总是没日没夜用嘶哑的声音叫个不停，医生也束手无策。我的朋友们住在巴黎一个很小的公寓里，这只猫折磨得他们几近崩溃，快要生活不下去了（连他们的邻居们也是）！

那时我觉得应该帮帮他们，还想着和我的小猫一起生活可以改变那只缅甸猫，使它变得容易相处。所以我决定接纳它。时至今日我仍然很后悔那时强迫小猫和这只蛮横的猫一起生活。事态很快就朝着让人难以忍受的方向发展下去。那只缅甸猫开始四处追逐小猫，还不断恐吓和袭击它。小猫变得和以前不一样了，我甚至都很难在家里看到它。还好这一切并没有持续很久，最多不过两个星期，我就将缅甸猫送到了父母亲家里，在那儿终于帮它过了几年平静而又规律的生活。

但就是从那个时候开始，小猫变得不再那么快乐了，我的心都快碎了，简直是悔不当初。接下来的日子里它的消化系统出了问题，在它刚刚满 7 岁的时候，就发展成了慢性肾病。

我带着它去一名善解人意的兽医那里治疗，他很有分寸地和我探讨了病情，提到了小猫时日无多了。“要是能对它多用点心，也不至于……”当听他这样说的时候我很难过，但他随后提出的为小猫提供尽可能舒适生活的建议也给了我很大的帮助。

那时候我已经结束了在米谢勒·萨拉玛涅姑息疗法服务机构的实习，并打算以后继续这个方向。因此为小猫实行安乐死的想法让我非常反感，我并非将这件事同我的工作混为一谈（那时候我已经开始为病人提供临终陪伴），而是我所经历的一切使我产生了这样特殊的感情。

也是在那个时候，我正在写一篇讨论如何使病人镇静的论文，并在其中探索对病人的治疗与安乐死之间的边界到底在哪里。

小猫是我陪伴过的第一只猫，随着时间一天天过去，我看着它逐渐开始依靠我，它的身体是那样的脆弱，它变得越来越瘦，甚至已不能自理，那恶性的疾病慢慢地击垮了它。它连走路都变得异常艰难，稍微动一下都会让它觉得很痛苦，所以我只能常常去找它，将它抱过来和我一起待在沙发上，或是抱它来电脑旁陪我一起写论文。在我写论文的那段时间里，我基本上都待在家里，只是为了能多陪伴它。

我时刻需要知道它在哪里。

就是在那时，我做出了一个重要的决定，绝不能因此将人类病患和动物混为一谈。而这一决定要归功于小猫和它的兽医，正是那位兽医对我提及了生活质量，并为我详细规划了小猫的临终生活。

小猫的状态并不好，但是它也没有经受太多的折磨。它那时还很能吃，也能享受和我一起的生活……当然，肾功能的持续恶化是不可避免的。虽身为医生，但我并没有在它的尿液里发现晶体杂质，直到我闻到了它身上出现的恶臭。

为了实行对它的姑息疗法，我俩互相都做出了一定的妥协。因为我不想让它受任何的痛苦，所以我做出了一个决定，而它也同意了，那就是每天晚上我都会给它洗个澡——带着万分的轻柔，但是一定要用浴液——接着我会将它包在一条大毛巾里擦干，再将它放在我的身边。这样做可以让我们更舒服、更久地待在一起，而它也可以在生命的最后时光里依偎在我膝旁，同时认真凝视着我的键盘，看着我完成那篇要献给它的论文。

每天晚上，我都会抱它上床，给它盖好被子，让它紧紧地靠在我的身边。这时的它早已经没有力气自己跳上床了。

我心里清楚地知道某一天或是某个晚上这一切都将结束，但是我很平静，我只想尽最大的努力帮助它尽可能舒服地过完最后的生命。如果根据日程我有重要的事情必须要外出，我也会履行自己的职责。事实上，我非常清楚死亡的到来是永远无法预测的。我曾多次见过这样的场景，家人日夜守护在病人的床头，为了在最后的时刻能够相伴在他左右，但病人却经常会在家人偶尔离开的短短几分钟内去世。反过来也是一样，某个亲人可能只是过来短暂探视，病人却最终在他的怀里离去。

所以我知道，该来的最终一定会来，不论我是不是在那里。但是我绝不会让小猫经历难以忍受的痛苦。

我所做的并不是在等待死亡，而是去主动迎接死亡，这才是姑息疗法的精髓所在。

在我们相处的最后一个晚上，一切都如往常一样，我将它置于我的庇护之下，它紧靠着我的心脏，躺在我的臂弯里和我一起睡觉。

但是半夜，我突然就惊醒了，那一刻我心里清楚地知道……它死了，就那么简单、安静地在我的臂弯里死了。

它看起来就像只是睡着了一样，我将它轻轻放在床尾处，重新睡去，一切都那么井井有条。

直到早晨，我才体会到深深的悲痛，但我也为它最终离去的方式能够如此自然、平静而又简单感到高兴。

后来我将小猫火化了，把骨灰撒在了巴黎的艺术桥下。

它离开后的两年里，我从未想要去再养一只，只因为害怕将其视为小猫的替代品。两年后，我的家人们找到了一间猫舍，又送给我了一只美国刚毛猫。

那是一个非常家庭化的猫舍，小猫咪们都是猫妈妈亲自带大的，还能够和同胞兄弟姐妹们一起成长。而且，猫舍的女主人会在晚上和猫咪们一起睡觉。我觉得她的这些做法能让猫咪更易与人相处，也让它们更加信任人类。她家就在田地的正中央，她养了很多只猫，其中有些是收养的，有些则是她亲自饲养的她所喜爱的美国刚毛猫。在那里，必须要经过她的严格审查才有资格得到一只小猫咪。

而我养的这只猫咪可以说是屡次三番大难不死：第一次是它趁着窗户打开的时候，爬上檐槽却从上面摔了下去，还好没有受什么伤，为此我们将它关入地窖中惩罚，随后它又冒险试图通过电梯井偷偷溜出来，结果被困在里面。找到它时它是那么憔悴，以至于我都怀疑它是否能活下来。但是它在几个月之后完全地康复了，又开始活蹦乱跳。

多年后的一天，我发觉阿喵出现了吞咽困难的症状。它吃下去的那一点点东西又都被它吐了出来。兽医在为它做了检查之后也被堵在它嗓子里的异物的尺寸所震惊。因此我们约定几天后要对它实行一个需要全身麻醉的全面体检。但在这次体检进行之前，兽医已经相当悲观了，并且和我提起了在最坏的情况下可能会面临的选择：如果是良性肿瘤的话会有一个不错的预期寿命；如果是癌症，那必须要进行外科手术、化疗，甚至有可能要实行胃造口术，放置一个辅助饲管。这一切听起来是那样不真实，因为我从没想过兽医也需要操作这样复杂的治疗手术。

我见过太多的病人面对现在这种情形了。但是阿喵能理解那些管道的用途吗？对于人类来说都很难去理性接受这种会带来终身痛苦的束缚。这一切看起来就像是徒劳的抗争，并不能收到相应的效果。然而，在我送它去进行全麻检查的那个早上，当我同它说再见的时候，我意识到那是我们最后一次的告别，和曾经发生在我和某些病人之间的道别一样。我一直将其视为是一种下意识的、对可能性的猜测，而这来源于我作为医生的不自觉反应。兽医在那个早上给我打了通电话，告诉我肿瘤已经扩散开了。他说我的猫还在“睡着觉”，并直截了当地建议我不要再唤醒它了。

我接受了对猫实行安乐死的提议，原因很简单：它未来的生活质量已无法保障。吞咽困难使它活得非常痛苦，而为它装上一根维持生命的导管会剥夺它的自主权，那是对猫咪来说最珍贵的骄傲。

这两只猫的故事对我来说很是宝贵。第二个故事使我认识到面对生命的终点时，其实人类和动物的着眼点应该有所区别。这样的思考不论对我个人的规划还是专业的提升都是非常有助益的，它帮助我能够不再混淆患上不治之症的病人和动物各自的需要。

而第一个故事，它教会了我如何去哀悼。

一件逸事将我和我的第一只猫紧紧联在一起。它曾出现在我生命中最痛苦的时光里，那是一段我曾以为永远无法摆脱的困境。我清楚地记得自己直挺挺地躺着，心里揣着所有的痛楚，而它在这时出现在床上，卧在我的胸口上。它以后再也没有这样做过。我对它的举动很是吃惊，那时我意识到它其实是在帮助我恢复活力……

这就是为什么在小猫最后的那段日子里，我一直陪伴着它的原因，那是在偿还我对它的“债务”。

在生命的历程中，我们只会悼念那些曾为我们付出的人和物，这是为了平衡我们从别人那里得到的和我们支付的回报而已。

告诉那些爱你的人们，趁他们还在世的时候，说你有多么爱他们。因为当他们离去之后，这样的回忆能帮助我们从悲痛中痊愈。

当我们战胜悲痛、彻底恢复的时候，就是我们重新振作的时刻。我永远不会忘记小猫为我付出的一切。

每当我想起这两只猫都会很悲伤，但我绝不痛苦。

我会幸福地悼念它们，努力生活。

感谢它们，让我更加热情和仁慈。

取材自
西尔万·普尔谢
姑息治疗医师

菲诺丘

猫的友情

还是只小猫的时候，菲诺丘被粗暴地从科西嘉的小树林中带了出来，从此以后，它激烈地反对着汽车这种运输方式。但是，对于柔情和爱意的传递，它永远蓄势待发。我们只想让它欢乐。

菲诺丘(Finochju)，在科西嘉语里是“茴香”的意思。我第一次遇见它的时候，看到的是一只有着一双绿色大眼睛的小猫，它身上那些深色虎斑纹能帮它轻而易举地隐身于科西嘉岛的树丛之中。当时，它正藏身于一棵李子树上，全身力气都聚集在了绷紧的爪尖上面，它的眼底泛着绿色的光芒。

在我丈夫表妹家的花园里生活着一窝小猫，猫爸爸是附近的野猫，而两只母猫——猫妈妈和猫姐姐——则在尽心哺育着它们。

小猫们正处于学习狩猎的阶段，为此它们还消失了好几天。

这个充满活力的小家庭就住在房子后面，那里有一个废弃的小屋，而表妹给它们在屋里准备了很多柔软的织物和布料。小屋的出口正对着一片树林，那里是小猫们学习狩猎的天堂。

但是表妹一直担心她的丈夫最终不会同意将这一窝小猫都留在家里。

我那时刚刚失去了一只小猫，小跳蚤。如果我们从理解的角度来解释，或许会说因为春天到了，贪玩的小跳蚤是为了追逐一只苍蝇，不慎从阳台跌下去的。可是之前它一直陪伴着一只患有猫艾滋病的猫，它们之间有着深厚的感情。在这只患病的猫去世之后，小跳蚤在3天的时间里几乎不吃不喝，总是在原地转悠。它会是自杀吗？最终它从四楼的走廊一跃而下，而那里是它平日里经常徘徊的地方……

我用了很久才从它离去的悲痛中恢复过来。

时至夏天，我已经准备要重新接纳一只小猫了，想着至少可以从树林里救回来一只。我们要乘坐的轮船将在天黑时离开，但不巧的是前一天晚上，猫妈妈刚好带着小猫们去巡视它们的领地。我本以为这次定是要空手回里昂了。谁曾想在离开前的最后一刻，表妹赶了回来，包里还揣着一只不停尖叫的小东西。

我早已买好了小猫的运输笼，并将这个尖叫的绿眼睛小毛球安置在里面。这时表妹已经费了很大的劲儿喂它吃了药片，想要尽量安抚这只已经非常狂躁的小“老虎”，因为接下来的旅程还很长：我们要先驾车沿蜿蜒的公路下山，到达港口后转乘轮船去马赛，从那里重新驾车回到里昂。对惊恐的小猫来说这就是可怕的大冒险！

那是2003年的夏天，正值酷暑。我们经历了一个冷热交替的夏天：离开科西嘉岛凉爽的山区后，更深刻地体会到了里昂那令人窒息的高温。

这样大费周章回家的方式在菲诺丘看来尤其难以忍受，此后数年，它都保留着极度讨厌坐车的习惯：不管开车出去多远，它一定会从头叫到尾……

那时菲诺丘差不多8个月大，我有个住在里昂的朋友家里也有一只5个月大的小猫莉拉。莉拉不幸摔断了腿，待在家里不能

出去，而朋友早已定好要度假的行程，她不得不将正处于康复期的莉拉留下，于是我毛遂自荐帮她照顾小猫。很快，菲诺丘就和莉拉结下了深厚的友谊。两个星期后，它们已经形影不离了，甚至同吃同睡，仿佛相见恨晚。看到这两只小猫的友谊，我们迅速决定以后大家“共同抚养”。

接下来刚巧我新搬的公寓也要装修，菲诺丘被送去暂住在了莉拉家里。结果一住就是两年，在此期间家里又加入了乌木，第三只小母猫。不幸的是，菲诺丘和莉拉之间的友情在这时却以一种出人意料的方式结束了。

按照计划，菲诺丘重新回到了我家，凑巧的是，那时候我和莉拉的主人之间的友情也彻底决裂了。菲诺丘一天到晚都在找它的好朋友，可惜找不到，从那以后，它们再未见过面。

它很悲伤，因为孤独。即使新家能给它提供舒适的生活，它还是会常常叫，那声音令人心碎。只有趴在我的膝盖上，或是紧靠着我的时候，它才会开心一点，而这时需要我像雕像一般坐着不能动——这真的很难坚持！它很喜欢身体上的抚摸，以前它身边总有莉拉，而现在，我的工作和生活使我没有时间给它如它所期望的陪伴。

它老了，性格也越来越专横——譬如，每当它跳出猫砂盆时，就会大声喵喵叫，要求“清洁女工”快过来清理。我没有办法拒绝它的叫声，只能乖乖服从！就连兽医都觉得它太过吵闹。

我的老公被它烦得说了不少难听话……正因为如此，最终他和菲诺丘达成了共识，他们不再同处一室：“只有各得其所，大家才能和平相处！”

我在菲诺丘的身上重新找回了之前对小跳蚤那样的喜爱之情。它的身上同时有着野猫的无理和家猫的温情。它那绿色的眼底还留存着那一片蔚蓝的地中海，纯净得丝毫看不出岁月的痕迹。

后来我父亲得了重病，我不得不经常往返于自己家和父母家，以便带着妈妈去医院探望父亲。一天，我决定带上菲诺丘。在父母家里，我像领着个新房客似的带着它四处参观，向它解释如何通过半开的窗户从花园返回厨房，接着又带着它在花园里转了一圈。虽然是第一次去那里，但它应付得很好，可当它第二次去花园时，却突然受了惊。我当时正想修剪一棵树。我把它安顿好，还想着它身上的安全背带很长，它会很安稳地待在花园里，却不想它受惊逃跑了。我在后面拼命地呼唤它，它却不理我。

我和母亲又一同去了医院探病。

从医院回来后，我俩坐在厨房里吃饭，我突然被一声猫叫触动心弦，像是小猫在欢呼“哈利路亚”，它跳上我的胳膊又叫了两声，将前爪搭上我的肩膀，紧紧地贴着我。“我可找到你了！”其实我也和它一样激动。

那个时刻我永生难忘。我以前从未想过一只猫会这样表达感情。

它只在外面过了一夜，就找到了回家的路，它记得所有我为它做的展示和说明，最特别的是重逢时它那令人难以置信的喜悦。

猫的一生都在追求真正的心灵生活、同伴交往以及情感。小跳蚤能整夜整夜地守护它患病的朋友，它是守护天使。菲诺丘也是我的守护天使吗？我不清楚，但可以肯定，它是最纯粹的猫伙伴。

取材自
多米尼克·韦伯-维瓦特
临床心理学家

杰克

它思考了7年才愿呼噜

从街头收养的小猫总会有一些特别之处，当然杰克也不例外。这只小小的猫让它的主人从一个自由执业的兽医变成了具有资质的真正的猫科医生，幸福的医生。

我的第一只猫，就是杰克。它的名字就如同它到来的方式一样自然。那时我只是伦敦的一名年轻兽医，住在一间狭小的公寓里，从未考虑过养猫这件事。

一天早晨，我的助手突然带着一个巨大的笼子来上班，里面是一只瘦弱的小猫，有着黑白相间的毛发和黄色的大眼睛。给我的任务？就是救它！它是在大街上被发现的。它在笼子里紧紧蜷成一团，肯定是被抓它的人给吓坏了。

当时，我虽然是自由兽医，专治小动物，但猫科疾病的治疗似乎已经远远超出了我的能力范围，因为猫科动物有着太多复杂的病种，而治疗它们需要高超的技术。那个时刻我别无选择，小猫已经在它的大笼子里等着我了，因此我将它带回了我的小公寓。

它是如此害怕——大概从它出生以后就没怎么见过人类——它躲得远远地看着我，而我根本就没有办法碰到它。它非常恐惧和痛苦。

在它的成长过程中，它慢慢地让我知道，我如果想靠近它，就必须双手背后用头去接近它。等它准备好接受我的爱抚时，会靠过来用额头磨蹭我的脸。它就是这样被我驯服的……而我也就是这样被它迷惑的！

当我买了房子后，它很欢喜地看到自己生活的领地扩大了，但它还是坚持只允许别人用头去靠近它。

它会不断地提醒我，它是按照自己的意愿去生活的。我知道它一直有自己的秘密生活。一天，我在客厅里打电话而它正在花园里玩，嘴里叼着一只刚刚抓到的老鼠；当我们的目光在不经意间相交时，它有些恼火地晃了一下小脑袋，我立刻就明白了它的意思，这是它自己的生活，请我管好自己就行了，不要不停地监视它的举动！

当然，我也是它生活中的一部分，但是……不是只有我！它很希望我喜欢它，但是也希望我能……和它保持距离。要尊重它！

即使不能太亲近，它仍然是我爱上的第一只猫。它不愿被我抱在怀里，更是从来不肯发出可爱的呼噜声。

有一天，我生病了，躺在床上，它突然跳上床来，直直盯着我的眼睛。我很好奇它接下来会做什么。只见它用小脑袋蹭蹭我，接着我就听到了有生以来最美妙的声音——它从嗓子里发出的呼噜声。那年它已经7岁了。这美好的一切差点使我落泪。从那之后，它顺理成章地变身为一只友爱的猫，愿意花时间陪我待在床上，在我身边舒服地呼噜呼噜。

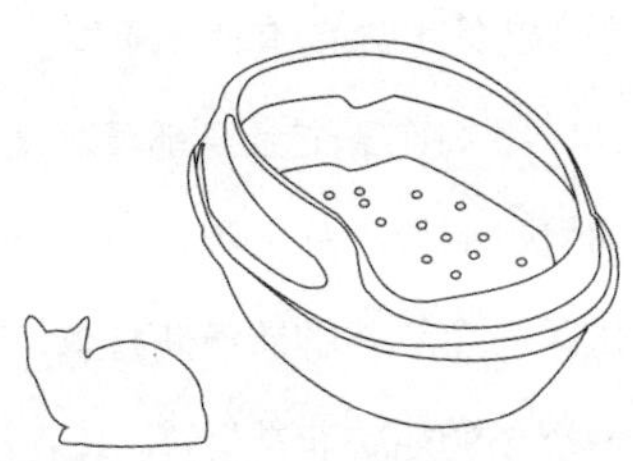

它使我对猫的各种行为特征有了更深的了解，特别是对受了惊吓后的猫的怪异行事方式的认知。只有当它真正信任我，并愿意做出亲密举动时——就如同我们人类一样，才能最终打开心结！

它成为我生命中的挚爱。因为它，我疯狂地爱上了猫，而不再总是从医生的角度来看待它们。每一次问诊，我们所有的问题，例如“它吃饭怎么样？”“喝水正常吗？”“最近有发出咕噜噜的声音吗？”都是想要了解与之相关的行为举止。只有真正了解了正常的猫的行为，才能从中辨识出异常，而这些异常往往就是疾病的征兆。

但是，当它 9 岁的时候，以前从没生过病的它却使我伤透了心。那时我正在花园里为拿到猫科兽医执照在准备最后的考试，不经意间发现它平日里漂亮的毛发失去了以往的光泽，它那身总是最闪耀的晚礼服，如今却变得暗淡无光。它的变化很微妙，似乎没什么大不了的，因为它看上去身体很好。我的丈夫甚至完全看不出它和之前有什么不同。

我将杰克的全身都摸着检查了一遍，结果在胃部发现了一个可疑的肿块。那天我本来不用去上班，但我立刻冲去了诊所为它做了一个腹部的超声波检查，结果发现了一些活跃的肿块，与肠淋巴癌的症状非常相符，并且已经扩散到了全身。我做了些采样，并亲自去实验室做了活检，确诊了它的淋巴瘤。

我在澳大利亚学习和获得猫科动物医学文凭的那一年里，一直对它心怀愧疚。它是那样独立——“我是杰克，我独自生活”——其实我早已预料到，当它患上某些慢性疾病，譬如糖尿病、甲亢甚至癌症的时候，将很难对它进行任何的治疗，因为它从不肯让人碰。

不幸的是，事情的发展确实如此。它不仅倔强地抗拒所有的化疗，连静脉注射都无法忍受……在澳洲同事的帮助下，我对它尝试了药物治疗的方法，但是仅仅过了3周，我就不得不对它实行安乐死。

每天晚上我都会切一些鸡肉喂它吃——它的消化道淋巴瘤并没有出现梗阻，食物的消化功能那时也比较正常，所以它还有着好胃口。可是它开始越来越虚弱，直到一天晚上，它不再吃东西，只是走过来看了看自己的盘子就离开了。

就在那个晚上，我帮助它永远地睡了过去，我的心都碎了。

从它身上我学到了很多。特别是，我明白了如果要爱一只猫，就要学会向它妥协，哪怕你只能远远地爱着它。

我们不能对它们为所欲为，而且，最容易相处的那只猫不一定最招人喜爱。

从那以后，每当我为一只猫实行安乐死的时候，心里都会泛起同样的悲伤，一如当年。

所以，今天，多亏了它，我成为一名优秀的猫科兽医。它曾是一个非常出色的伴侣，它的注视是那样与众不同——每当它看着你的时候，你总能感受到它眼底深切的关心！

我的新猫叫斯坦利，它很有魅力，是那种只要你想就可以随时抱过来的类型。但它不怎么思考，它的生活是单纯的。要知道杰克的大脑可是一直在高速运转的，所以它才如此复杂，和我见过的所有的猫都不同。

我称呼它为杰克，小蜜蜂杰克，或是杰克杰克，它的名字已深深地印在了我的心上。

取材自
尼基 - 高特
猫科兽医

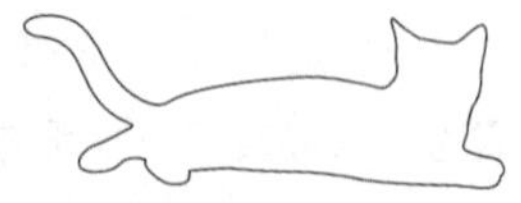

峡湾

为了小猫的幸福

成为一名饲养员往往意味着很多的工作，极大的耐心，能相遇其他热情的爱猫人士，也会邂逅能培育出优秀的小猫仔的猫。

毫无疑问，改变我生活的那只猫，是那只来自奥蒂河畔的峡湾·菲诺门，它是我的第一只挪威森林猫，是真正出身于挪威森林中的后代。

这本不是我特别喜欢的一个品种。之所以会选择饲养猫咪作为职业，是因为小时候家人不允许我收养任何小猫。虽然我的父母亲看似也很喜爱小动物，但是我母亲显然更心疼家里的家具和窗帘。从我记事开始，就一直很希望自己能养只猫。我的第一只猫叫“黑色夹克”，它的性格并不是很好，对人很冷淡，并不太符合我最初的期待，但是我还是很喜欢它。我在度假时遇到了很多猫，每一只我都很喜欢。

成年以后，我曾收养过很多流浪猫。那时，我的兽医知识和护理能力跟今日远远不能相比，因此我也为它们流了不少的泪水。

趁着生活中一次改变的契机，我打算成立猫舍做职业饲养员，做出这个决定纯粹是出于激情。通过一份专业的报纸，我选定了俄罗斯蓝猫这个品种。我拜访了一位对此很有经验的饲主，她带我参观了她的猫舍并且交流了很多信息，但在这次见面的最后，她对我说："我要为你们展示一个完全不同的品种。"接着，她怀抱一只挪威森林猫回来，而陪我一同拜访的让－皮埃尔，也就是我的丈夫，一眼就相中了它："我想要的就是这只！"

当时，全法国的挪威森林猫总共不超过 5 只。可以说为了找到我的第一只公猫峡湾，我甚至第一次去了比利时。

我从来不会以参加猫展和选美比赛为目的而饲养动物，即使峡湾曾经获得过超过 40 场比赛的冠军。我养育它们只是为了享受有猫咪陪伴的幸福生活。

峡湾是一只很特殊的猫，它的外貌并不是很完美——它曾获得的那些奖牌在今天一个也拿不到，因为如今评判的标准和审美都已起了变化。但是它有自己独特的魅力，能轻易成为焦点，吸引所有的目光和爱慕。

它是一只百分百属于舞台的猫，每当在展会上面对 800 多名观众，或是置身于喧闹的人群中时，它就会表现得非常惬意。

在参加猫展的时候，每次一到评判阶段，参赛猫都会被强制要求不能动——这点同狗展以及马展完全不同，当然更不同于舞者和模特的比赛，因为无论是观众还是评委都并不关注它们的步伐和动态。在整个评审的过程中，小猫可是完全掌握在评委手中的，评委最终决定它们是否能获得荣誉。每当峡湾被高高举起时，它总是会表现出与众不同的仪态和风度，帮助它斩获诸多奖项。

在实现“它的成就”的同时，我正在四处寻找和它没有血缘关系的小母猫，以真正启动我的饲养事业。这时我需要去一趟斯堪的纳维亚半岛，但同时我也需要证明自己才行。

那是因为，想要成为合格的饲养员并不是在一两天就能达成的。必须要被同行们认可，不光要和他们相互了解，还必须经受住各种考验。但从那以后，我也同挪威的很多职业饲养员们建立了深厚的友情，他们不仅会热情地招待我，而且给予了我很多帮助。

峡湾有一种特别的品质，就是和人类异常亲近，而这种性格从此在它的家族里代代相传。

当身在人们的怀抱中时，它会表现出明显的愉悦，并且它总是那么开朗，从来不会忧伤。

在它退休以后，我们为它做了绝育手术，它从此以后和我们一同住在家中。它逐渐衰弱，最终离开我们的时候只有 13 岁，而它的儿子后来可是陪伴了我们足足 19 年。

时至今日，每当我看着自己养育的那些大猫小猫时，总是会怀念这个被我命名为“卡楚特巴美丽家族的根源”的，峡湾。

取材自

热内维耶芙・库尔诺

退休饲养员

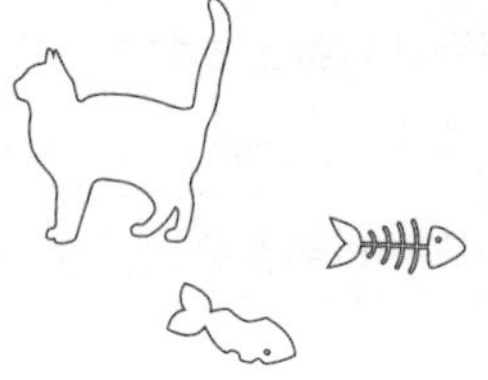

格里斯比

我们选择黑猫并非出于偶然……

一只猫的死亡往往是孩子要面临的第一次葬礼。即使后来还会拥有其他猫咪，即使我们的人生道路还会遇到其他事故，但它的死仍那样鲜明，与那些鲜活而又恐怖的回忆一道，超越了岁月……特别是它的毛色和小女孩红棕色的头发之间形成了强烈的对比。“因为那是它，因为那是我！”

1961 年夏天，我快满 7 岁，正是刚开始懂事的年纪，住在诺曼底地区的乡村腹地。

我们养了一只名叫优比的小母猫（优比和科克尔一样，是我看过的童书中的英雄），它生了两只小猫：纯白的叫芭比诺，而全黑的，就是格里斯比。我为自己选择了黑色的那只，年长我 5 岁的姐姐选择了白色那只。不一样的生活就这样开始了……

这是有生以来第一次养育一只属于“我自己”的小猫，一只需要我亲自去照顾的小猫。我简直太爱它了。它就像一个活生生的洋娃娃，和我一起睡觉，还常会被我用婴儿车推出去散步。

每天我从学校回到家，都会迫不及待地冲上去拥抱它。它总是顺从地任我摆布，连我那个很少感情外露的母亲都会说，这是我们的“日常”。

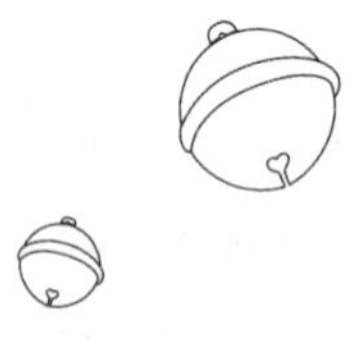

它曾是我可爱的小伙伴，有时它甚至会跑到学校来接我放学。我们家的房子就紧靠这一条繁忙的公路。那时暑假刚刚开始，我在家里吃完午饭后，就想着要溜出去玩一会儿。只要踏出房子的门槛，外面就是广阔的游戏天地，是可以找到无穷无尽快乐的大自然。格里斯比像往常一样，已经在门后等着我。我一打开家门它就会迫不及待地扑出去，像箭一般冲过门外的小道直达公路。紧接着就传来刺耳的刹车声，沉闷的一声撞击……格里斯比窜到了车轮下，瞬间粉身碎骨。这一切就发生在我的眼前。我的父母亲迅速跑来将我带离现场，接下来的事情我已不太记得起来了。

但是多年以后，我仍能忆起那个小女孩当时是如何悲伤、恍惚、空虚，陷入悲伤不能自拔的。接下来的几个小时我们都无力发声。我的父亲将我亲爱的小猫埋在花丛之中。我亲手做了一个小小的木制十字架，甚至精心用小石头为它铺了一个墓碑。

在之后很长的一段时间里，我常常去它的墓碑前献花。每天从学校回来，我便迫不及待地去为它默哀，甚至会带上头巾，穿上黑色的衣服为它祷告……失去格里斯比曾令我久久不能释怀。虽然我选择的这个黑色的小玩偶在之后的日子里给我带来无尽的痛苦，但也给我留下了独一无二的珍贵记忆。

后来，我的父母跟我反复讲述这件事，当时他们虽然很担心我，但还是决定让时间来冲淡一切——那个时代还不存在心理咨询。

猫妈妈优比在几个月后也死去了。只因为几个蠢货觉得把这只纯白色的猫涂成黑色是一件很有趣的事情。它被涂后试图将自己清理干净，不断地给自己舔毛，结果不幸中了毒。我们只能眼睁睁地看着它最后无声的垂死挣扎，却无能为力。

直面死亡的经历确实给我的生活留下伤痕，而人类的愚蠢，那些无缘由的恶意更是狠狠伤害了我。作为唯一的“幸存者”，芭比诺在接下来的几年里过着宠物猫的幸福生活，自由自在的……我也有点喜欢它，但它毕竟是姐姐的猫，永远不能取代我的格里斯比……

后来，我们还养过很多猫。在我的生活中，从不会长时间没有猫——无论是在我悲伤、喜悦，还是艰难的时候，它们总是相伴左右，忠实而又无声地见证我人生的每一个阶段。

继芭比诺之后，我们有了普西，它是第一只被我父母送去做了绝育的猫，而且他们也不允许它私自跑出去玩，除非牵上猫绳！它过了 12 年虽然很舒适但被严密看护的生活，使它展现出的性格更像是一只小狗，而不像一只猫。

在我结婚并且成为母亲之后，我又接连有了托帕兹、沃森，直到今天的斐济（马上 19 岁了），它们都被我禁止跨出家门，生怕它们的生命受到任何威胁。“留心猫哦！”成了家里的一句咒语，一经出口所有人都立即心领神会，在会心一笑的同时也会更加认真地照管它们。

格里斯比，这只很快就离开我的小黑猫使我领会了悲痛的力量，也教会了我保护动物和尊重生命的重要性。从那天起，我就默默和它约定：不管面对什么样的苦难，我的生活中永远都会有猫相伴，我会保证它们不受伤害。

也许因为它曾是我的小黑猫，而我只是那个红头发的小女孩。

取材自
凯瑟琳·D
编辑

邦妮

想要帮助女主人跳出框架的猫

有时候需要一些契机，一些火花……才能发现那些以前从未听说过的事情，才能发现替代疗法。邦妮就是这只跳出框外的小猫，是它为做兽医的女主人开启了对于其他医科的认识。

邦妮是我成年后养的第一只猫。那时，我刚刚从兽医学校毕业，而邦妮正好被人遗弃在我工作的诊所里。它被送到我们这里来做绝育手术，却始终没人来接它回去。它已经在我们诊所里寄宿有两个月了，诊所老板并没有多少慈善心肠，所以他打算将它交给动物保护协会。作为一个刚刚开始工作的职场新人，其实我并没有做好照顾宠物的准备，但我很不希望这只漂亮的灰色虎斑猫被送去动物保护协会。

于是我向它提了一个建议："我会将你带回家试试，如果我们的生活方式合得来，我就将你留在家里。"

它真能理解我们的交易吗？我其实不能确定。但无论如何，那段时间它很尊重我的个性，并且很独立地生活着，就像能从容应付各种局面的最佳女友。趁白天我去诊所上班的时间，它在我们居住的鲁昂历史中心一带的步行街开创自己的生活。它已经捕获了公寓一层瓷器店老板娘的心。其实老板娘原本并不怎么喜欢猫，可是它用自己低调的魅力吸引了她，使她乐于在它需要人陪的时候接受它。

邦妮的名字来自赛日·甘斯布的歌曲，取这个名字并没有花费我多少心力。每当我在假期，在周末的时候，它就会跟在我的身边。我还保留着一张在格朗维勒附近的一处小屋里给它拍的漂亮照片。我给予它充分的自由，而它也总是知道在最合适的时间回来。

它从来不会伤害任何人，而且对环境的适应能力非常强，饲养它唯一需要面对的问题就是对它的医疗护理，这是我的本职工作！收养它的第一年，这方面的问题并没有引起我的注意，因为它那时几乎从不生病。但是仔细回想起来，我在学校里学习的专业知识，以及在诊所里越来越熟练的治疗实践，却在它生病的时候毫无用武之地。我们并不能把它放在普通医学的框架下去看待，因为邦妮的生活从来都不会像教材一样死板！

在我收养它的5年后，邦妮表现出了所有急性肾功能衰竭的症状，并带有阵痛。我们为它进行了静脉注射治疗，这是面对同样病况时所采取的常规治疗手段，但是我很快就发现邦妮的身体并没有任何好转。即使它的体检报告显示出它生物学水平的各项指标都有明显好转，可它身体的真实状态越来越差，它甚至开始拒绝治疗。我越是努力尝试为它治疗，它的态度越是消极。最后我不得不为它装了一个鼻导管，而这使它陷入了前所未有的沮丧。

我决定带它回家，以为这样能有助于它的恢复，可它却虚弱地卧在衣柜的最深处。看到这样的它，我更加悲伤。是作为一名兽医继续对它治疗，还是身为一名迟疑的女主人不做违背猫意志的事情？我不知如何选择。邦妮那时已有好几天不肯吃东西了。我做了所有爱猫的饲主都会做的努力：买遍了每一种我可以想到的、可以买到的猫粮给它，但是它碰都不碰一下。

我至今仍清楚地记得那一刻，我拿起电话打给一个朋友，希望她能给我勇气帮助邦妮永远“安眠”：那时我认为它已经别无出路了，只会慢慢死去。那位朋友一直在实践关于兽医的替代医学，所以给了我一位从事兽医针灸治疗的同僚的联系方式，并且建议我尽快和他联系。

我将亲爱的小邦妮带去了他那里，可心里并没抱多大希望，只是为了尝试各种方法希望能救我的猫咪。同一天，它就接受了第一次针灸治疗，还接受了其他有趣的护理，整个过程不会产生创伤，因此完全受到了小猫咪的认可。

一回到家，它就径直走向猫粮（它平日里吃的那种，而不是我新买的那些花哨品牌），这时我真正感觉到它的状态正在好转。没有再进行任何额外的治疗，它彻底走出谷底，重新变身为以前我所熟识的那个邦妮，过着甜蜜简单的生活。这是送给我 30 岁生日最美丽的礼物！

3 年后，它的病情复发了。那时我正打算搬去和一个很不喜欢动物的朋友同住！我还是要为自己这个错误的选择辩护。因为邦妮并没有将自己的东西搬去这个新地方，我的这个好伙伴在搬家的那个早晨就睡了过去。当它开始出现第一个需要警惕的症状时，我就将它送去之前的那位针灸师那里治疗，但这一次没有任何效果，肾脏的损伤已经非常严重。那天我从朋友家里离开没多久，就只能遗憾地面对已经死去的邦妮……

这些我以前一无所知的治疗手段，为邦妮争取了 3 年在我身边的幸福时光，它也算是间接地点燃了我学习的火花。虽然当时我并没有改变自己在实际应用中的治疗手段，但我已经开始探索针灸疗法、顺势疗法、人类智慧学以及植物疗法的应用领域。我也意识到，人类医学和动物医学的治疗方法从本质上并不是对立的，反而可以在医药学上互相补充，而在这个领域，已经有许多才华横溢而又令人尊重的从业者开始进行实践和研究。

我花了超过 10 年的时间才开始尝试自己的替代疗法路线。先是如何使用草药，接着我开始学习骨科病，并且学习了各种不同的研究内容（有关结构、组织、内脏和能量等）。这是一门需要亲自动手，并且对医生要求严格的学科，需要经过长时间的练习才能真正掌握，但是它对动物们的帮助很大，带给我很大的满足感。学习让我们学会面对经常被遗忘但很少被触碰的感情。

我在这条道路上行走缓慢是因为我的天性如此。我需要时间去学习，去从这些形形色色的新式治疗手段中挑选出适合自己的。当然，我对那些自己并不了解的概念，也经历过抵触的阶段。

邦妮引起了我的疑虑，让我满怀欣喜地着手研究这些学科，而这也令我如鱼得水！我的下一步将是尝试凭直觉和动物沟通。多亏了邦妮，我才可能发现更多的奥秘……

取材自
劳伦斯·杜柏科
综合科兽医

莫奈特

是它让我执起了笔，一生再未放下

在7岁的时候，如果有一只猫每天等你放学，那会是一种纯粹的幸福。直到有一天，它逃学了，而这最终会使你一夜长大。

正是为了莫奈特，我从很小的时候就开始尝试着给我的祖母马努写长信。因为我的信里只写猫，祖母曾不止一次问我，为什么不能在信里讲述一些关于兄弟姐妹的事情。尤其是作为家里11个孩子中最大的那个，我应该有很多的谈资才对。

但是，不，在我7岁的时候，我对写家人的事情一点兴趣也没有。那时，我最大的激情，我所有的故事都是关于莫奈特的。那是一部真正的小说，占据了我童年生活的全部，也塑造和决定了我的未来。

每封信的开头，我都舍弃了原本正确的开头格式“我亲爱的马努”，取代以“莫奈特”，然后是逗号，接着洋洋洒洒地写满3页纸！

莫奈特不仅给了我灵感，它还促使我阅读了很多关于动物的故事，尤其是猫的故事，譬如那本《船长的猫》（*Le chat du capitaine*），就曾让我在周日的阅读时光里热泪盈眶。

我的生活中从来没有缺少过猫，即使追溯我最模糊、最遥远的记忆，也总是会有一只猫卧在父母家的窗台上。那时我们住在乡下。

但是当莫奈特来到这个家的时候，确实显得有些不同寻常，甚至我的父母都为我和莫奈特之间的相处方式所惊异。它对我每天中午和下午从学校返家的时刻了如指掌，并且每天都会去白色篱笆墙旁的一棵大树下等我，就在那花园小路的尽头——那里是它领地的边界，而且正好位于学校道路和我家之间。每当它看到我的时候，就会高兴地欢呼，它会用两条后腿站立起来，并且向我伸出自己的前爪，同时大声喵喵叫。

每个星期，我都会给祖母讲述莫奈特的探险故事，因为对我来说，莫奈特是独一无二的。我的祖母其实也是这样的（有其祖母必有其孙子！）。祖母异常喜爱她的那只小母猫“小葱”，甚至将它带去格勒诺布尔的兽医那里做了绝育手术，这在那个年代算是开天辟地的举动了。这事大概发生在 1960 年到 1965 年间，她这样做可是极其罕见的。带一只猫去诊所，想都不敢想!

我和父母听说之后都很吃惊，因为那个时候，我们在诺曼底的兽医只会治疗牛和马之类的动物。每次当动物没有治愈的希望时，他都会开玩笑说“粥已经煮熟了”。这是他的口头语。

当莫奈特摔断了一条腿的时候，我父母想带它去看兽医，只有 7 岁的我当时坚决反对：“不，不，不要去煮粥。”

我紧紧将它抱在怀里，不肯放手，父母听了我的意见，并对我接下来的举动感到意外。我将莫奈特安顿在一个柳条筐里，细心为它垫了些衣服在下面，然后将筐子放置在暖气旁边。我每天都会去照顾它，抚摸它，给它送去食物和水，直到一个星期后它的伤口完全愈合。

甚至我的父母亲也很迷恋“她”——虽然最后证实是“他”，

我们当初养它时一直以为它是只小母猫，就如同我们家养过的其他猫一样，等我们意识到错误时已经太晚了。我们并没有给它改名字，它也一如既往地保持着自己的优雅和个性。

我作为一个很讨厌做针线活的人，却为了莫奈特去学了编织，将它打扮成一个洋娃娃，为它穿上无袖上衣和短裙，用儿童手推车推着它出去散步。它简直有着天使般的忍耐力。

每天晚上，它会来到我的床上同我一起睡觉，就陪在我的身边。它会仰卧着睡，两只小爪子乖巧地搭在被单外面。我的父母从未见过这样的一只猫，也从未见过一个孩子和猫之间能有这样的默契。

在学校的时候，莫奈特更是给予我灵感，让我写出了能让老师当众朗读的故事，成就了我小小的骄傲。我之所以从事写作，确实要感谢它。

但是假期来到了，我不得不去位于多菲内地区的祖母家住上整整一个月，每年都是如此，可是不能带上莫奈特和我一起去。

要坐一整天的火车，旅途何其的漫长！

离开的时候，我对莫奈特和我之间的感情充满了信心，坚信它一定会在家等着我回来，但是……莫奈特是一只公猫，而它已经成年了……

在那个时代，为猫做绝育手术并不常见，所以莫奈特偷偷溜走了，只为出去寻找艳遇。

我度完假回来的时候难过不已。那年夏天，即使我只是个小孩子，也通过莫奈特认识到了自由的重要性。自由，是所有生物最基本的需求——即使要付出代价。喜欢一个人或者一只喵，一只汪，就是要让他自由自在地生活，寻找自己的一片天地。顺便在这里说一句，也许我仍然会担心，会嫉妒，但是对于那些猫，我却能完完全全地理解它们。

是莫奈特教会了我尊重猫的自由，当然，更要尊重一切生命的自由。

因为它走得并不远，我后来又见到了它，它就住在我的学校对面。我穿过马路，将它抱在怀里，但是我明白它已经开启了自己的新生活，不会再重复之前的道路了。我接受了它的意愿。很久以后，当我已经升上四年级的时候，碰巧法语课的作业是写一篇关于自由的文章。我又写了一篇关于莫奈特的故事，而这次它帮我得到了自己最好的成绩。

从莫奈特开始，除了上大学的时候我住的房间过于狭小以至于不能养猫之外，我的生活里再也没有离开过猫了。猫是我写作的必要条件，没有它们的陪伴我什么都写不出来。我写作时总会有一只猫盯着我的手指，在一旁好心地监督我的工作。此外，每天早上我都会跟吕娜汇报一天的行程，我会同它讲述我和编辑们见面的内容，我总是说："你要帮助我哦，我们有一本新书要完成。"它从不会离开我。我也经常对它讲："来，我们一起来思考，找找灵感。"它很喜欢在一旁熟睡。猫，是我集中注意力的得力帮手。

养猫成了我们全家人共同的爱好。即便我小时候是全家唯一一个养猫的孩子，但时至今日，我环顾自己身边的兄弟姐妹，发现他们每个人的家中都有猫咪的陪伴，我的侄子侄女，乃至刚刚到来的第三代都是如此。所以每当我们见面或是通电话的时候，我们之间会聊些什么呢？当然是猫了！几年以前，当我的朋友们认识了我家的挪威森林猫之后，通过交谈，他们也加入了养猫的行列。

今天，每当我拥抱吕娜的时候，我都会想起那些甜蜜的往事，想起我童年的内心深处藏着的那些曾经安抚过我的猫儿们，尤其是莫奈特，它曾带给我无限的温情。

应该说，我拥有过的每一只猫都用自己的方式对我有所裨益，我应该感谢它们。它们是我的守护天使！是我强烈的爱！

取材自
布里吉特·布拉尔-科尔多
记者，作家

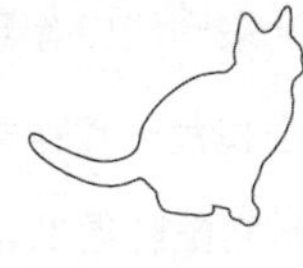

斯特普

猫，还是猫，只有猫！

与猫一起长大铸就了我的性格，甚至我偏离了长久以来计划中的完美职业道路。

我的母亲养过很多猫，她的一生就像是嫁给了 21 只猫一样，而我是由那些猫们培养成人的。我出生在南非，可以说是在猫群里长大的。当然，在不同的时间点里猫的数量也有所不同，但总是介于 12 只到 20 只之间。我的父母亲都是医生，而我自己从小就立志要成为航空工程师。那时的我从未考虑过要做医生或是兽医。

在人的一生中，总会出现一只，有时候是两只，和他建立起强烈感情的猫；而我的那只叫斯特普，一只虎斑猫（它因此而得名），它到来的时候还只是只小奶猫。

我的母亲在街上见到了一窝小猫，从此斯特普就属于我了。在南非，我们不管去哪里都必须要开车才能到达。每当我从学校坐车回家，距家门还有大概 200 米远时，它就会来到门口等我，然后蹦上我的肩膀。我们一起走进家门。它总是和我一起睡觉，并且将脸准确地搁在我的鼻子和眼睛之间，这样它能睡得非常香甜，而我也很快就习惯了。

斯特普 12 岁的时候生病了，它变瘦了，甚至已经皮包骨头了，而且它也不再给自己理毛了。我们带它去看了兽医。

那年，我刚好 20 岁，正在学习机械工程学，为日后成为航空工程师而努力。

兽医认为它生病的根源在于牙齿，但是他却没法采取任何措施帮助它，直到那痛苦的龈口炎彻底将它击垮。斯特普停止了进食。而当它在承受这样的痛苦时，我还在救护另一只小猫，给它喂食。

斯特普被留在诊所里照看，但是兽医允许我去探望它。我那天花了一个下午陪着它，看到了兽医的忧虑和他的束手无策。

因此我要求将斯特普带回家，尽自己所能去照料它，包括在家中为它输液。它在家中度过了一个美好的夜晚，即使不得不带着导尿管和补液瓶，它也睡了个好觉。

之后，我联系了另一位兽医。是他确诊了它的白血病，并且告诉我，他们已经无能为力了……斯特普重新住进了医院，它的病情迅速恶化。当时，南非的兽医诊所还都在用混凝土浇筑的笼子，斯特普的身子下面只垫了层报纸而已，它在那里住得并不舒服。

当它最终要接受安乐死的时候，我让它再次爬到我的肩膀上，就像它之前一直做的那样……手术很快就结束了，它并没有什么痛苦。

母亲开着一辆黄色的甲壳虫来接我，在我们回家的路上，我突然明白了自己想成为一名兽医。

也明白了我永远也不想去操控飞机了。

我那时还惊魂未定，而母亲将汽车开得飞快，但就在这个时刻，我未来的职业规划突然变得清晰起来。当我真正进入兽医学校学习的时候，一心想的是成为专攻猫科的兽医。除了猫，还是猫，没有比猫更重要的了！走出学校的那一刻，我就彻底舍弃了之前所学的其他课程。

后来我离开了南非来到加拿大，带着我之前所学的有关猫科医学的 4 页重要笔记在温哥华定居。除了刚刚抵达的头 6 个月，我家里也总是会养猫。我将母亲请来和我同住，而她同时带来 1 只狗和 19 只猫，其中有 6 只猫是我曾经喂养过的。虽然我同它们分开了 8 年，但它们还是很轻松地认出了我。

丁丁活了 17 岁，尽管它患有肾囊肿，不得不在过去的 5 年间每周接受皮下注射治疗，在它最后的 7 个月里，甚至要一周进行两次。在它逐渐走近自己生命终点的那段时间里，每天凌晨两点我都会爬起来，在它的陪伴下喝一点科涅克白兰地。我知道它很快就会离我而去，这就像是我们之间的小小仪式，我们之间的回忆！

每个人在一生中都会遇到很多只猫——当我完成兽医专业的学习时，我已经遇到过上百只猫了——但其中只会有一两只真正在人的生命中留下印记，而斯特普正是那只改变我人生的猫。

取材自
尼克莱特・乔斯汀
猫科兽医

格拉迪斯

激情和耐心学校

有一些一见钟情正在缓慢燃烧。第一眼看到它，娜塔丽并没有太放在心上，但是我们不会忘记斯芬克斯猫是如何注视你的，它直直地盯着你的眼睛，直到碰触到你的内心，让你终生难忘！

我们和每只猫都会有些特别的故事，但其中一些猫会比其他猫更为特别，尤其是格拉迪斯，一只可爱的小母猫，来自于我作为专职饲养员抚养出的第一窝小猫。

做一名饲养员，需要热情、时间和金钱，还需要无尽的爱心和耐心，他要做的不仅仅是让两只猫住在一起，让它们随心所欲生活这么简单。

一开始，我本打算饲养波斯猫，那是当时正流行的品种。在我第一次参加猫展的时候，我临近的展台上有一只斯芬克斯猫。我头一次见到这样奇特的品种，从那以后，它的眼神让我再也无法忘怀。我花了超过 6 年的时间，才为自己找到第一只适合繁殖后代的小母猫。

我养的第一只猫患有肥厚型心肌病，那是一种遗传性疾病，而第二只则患有肌肉痉挛（仍然是一种神经肌肉的遗传病）。为了找到合适的种猫我专程去了一趟瑞士，最终发现了托伊卡，它已经是我的第三只猫了，没有染上任何遗传性疾病，而它不久也为我生下了第一窝小猫——就在我的床上——从这些小猫中我相中了格拉迪斯，一只黑色的斯芬克斯小母猫。它们是我的第一窝小猫，我多想把它们全都留在家里！但是不行，我必须要仔细选择。

而我的最爱——尽管它们中的每一只我都很喜欢——到现在为止仍然是格拉迪斯：全黑的身体，金绿色的眼睛，它是那么迷人。

但是在它 1 岁的时候，却患上了皮肤病。那时它的一个兄弟刚从一个不错的寄养家庭回来。在那里，猫笼每天都会被彻底清扫，而那些小猫在等待自己的笼子再次干净前，会趁机伸展筋骨，和左邻右舍们贴贴鼻子交流感情，结果这些过度的清扫在不经意间反而损害了小猫们的健康。它从寄养家庭回来的时候身上长了很多皮藓，所以我们最初以为是它传染给了它的妹妹。虽然格拉迪斯已经被隔离接受药物治疗，但是并没有任何效果。它善良地原谅了这一切。实际上，格拉迪斯的皮肤病只是一种过敏反应，吃药就可以治疗，可是从此以后我必须要随时带它在身边照看，因此，我和它之间产生了比别的猫更紧密的联系。

那时，它每天乖乖吃药的条件只有一个：附送一个30分钟的超长抚摸，否则免谈！

这些抚摸帮它度过了我给它限定的隔离期，而我这么做只是为了杜绝可能会有的感染源。

当它的病被彻底治愈后，它开始参加猫展，并且斩获了很多奖项。只是后来，它在加尼的展览上一无所获，因为那次有一只出众的比利时公猫拿走了全部的奖项。我们都有些失望，但也不得不承认它真的很漂亮。那天的颁奖结束后，那只斯芬克斯猫的饲养员向我们走来……他希望他的猫能与我的格拉迪斯结合。

但是格拉迪斯和其他那些热情奔放的小母猫不一样，对于它来说，一年两次就已经足够了。所以我们一直在耐心等待最合适的时机去比利时——在家猫的饲养业里，为了不使配种的公猫感到压力，向来是母猫一方主动出发。

我们试了一次，两次，三次……却一直没有小猫出生。我们试了整整 4 年，最终还是另一只斯芬克斯公猫和格拉迪斯成功配对，生下了两只漂亮的小猫。小猫的出生刚好是周日，还是半夜。

抚育小猫可一点儿都不轻松，反而让人非常痛苦。因为小猫一旦出生，就需要为它们做各种遗传性疾病的测试，做超声心电图等等，总之要牺牲所有的时间去照顾它们。但是这些付出最终都获得了最好的回报，因为比利时冠军猫的饲养员相中了格拉迪斯的女儿，这次终于成功了！

当我还是小女孩的时候，因为妈妈的洁癖，家里从来不会饲养任何宠物。所以，我养了那些我可以养的小动物，譬如蚂蚁，我用糖来喂它们。我那时候竟然养了很多蚂蚁！

六七岁的时候，我又收留了一只小猫，我会在晚上打开窗户放它进屋，第二天早上再偷偷送它回花园。每天晚上它都会来找我。

再大一点，我立志成为一名兽医，但最终没能如愿，因此我致力于学习医学和视轴校正学。直到今日，斯芬克斯猫已经成为我生命的意义，彻底弥补了我之前的遗憾。

人们在第一眼见到它们时，大多无法欣赏它们独特的外表，但它们凭借无可比拟的吸引力——那独一无二的专注目光，使人们产生强烈的羁绊。它们在用自己的方式，永远追随着你。

这是一种语言已无法形容的生物，若想真正了解它们，还是和它们一起生活吧。

取材自
娜塔丽・巴代
视力矫正师，摄影师

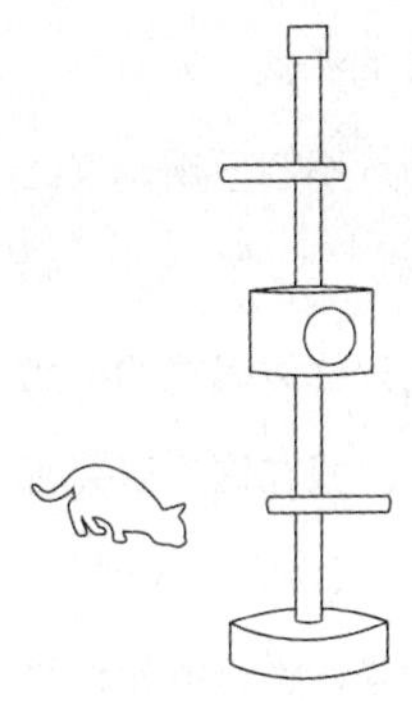

喵博士

康奈尔猫科动物医疗中心的吉祥物

办公室助理是猫们最爱的工作之一了。对于一个像吉姆·理查兹这样的科学家来说，喵博士其实是一个真正的合作者，并且同他合作了17年。

我来到康奈尔猫科动物医疗中心的时候还很小。我出生于1990年，我的母亲在我出生之前染上了人们称为“猫艾滋”的疾病，当时，这个可怕的名字在各个救助中心造成了巨大的恐慌：1989年夏天，在“艾滋：连猫也不能幸免！”这样随处可见的宣传之下，法国和美国等地出现了大规模的弃养，猫们大量死亡。

我们多么希望那些记者们能够更谨慎地利用他们手中的那杆笔，而不是随随便便就将无辜的猫儿推向万劫不复的深渊。猫儿们付出了巨大的代价证明了一个正确称呼的重要性……

在我出生的时候，科学家们还对我所感染的病毒一无所知。人们只知道那就是艾滋病，并且猫染病后的前景不容乐观，仅此而已。

我被送进这家高尚的研究机构时还只是一只活泼淘气的小奶猫，并且很快就成了那里最受欢迎的小吉祥物。我在这个研究机构度过了差不多17年的时间。在此期间，我作为实例向世人展示，即便是一只感染反转录病毒科免疫缺陷病毒的猫，也可能和那些并未感染病毒的同类拥有同样长的寿命。母亲把病毒的抗体遗传给我，可以让我很快消灭病毒，而不是像其他猫那样终身成为病毒的携带者。

在康奈尔中心，我不仅让那里枯燥的研究生活活跃起来，获得了“快乐之猫”的美名，同时还帮助他们对正在研究的病毒有了更多的了解和认识。

虽然康奈尔大学位于美国气候最恶劣的地区（那里的冬季大多时候都在下雪），但最令我心寒的不是气温，而是研究中心两

个最主要研究员和负责人的态度——他们固执己见，将研究牛病毒放在绝对优先于研究猫病毒的位置！

不过，也多亏了之前对牛的研究，他们很快就弄清楚了在猫中所流传的，特别是当它们在进入救助中心后因群居而染上各种传染性疾病的缘由，就如同牛群一样。

记得在 1994 年，一名专写兽医学报道的法国记者执着地想要拍一张我被大老板弗雷德·斯科特抱在怀里或放在腿上的照片。弗雷德对此感到很是意外，因为亲密随和可不是他的作风，但是他无法拒绝记者的这个要求。于是为了满足要求，他将我抱在怀里，但是接下来当我投入了他的合伙人吉姆·理查兹的怀抱时，那个女记者立刻就看出了差别，简直是截然不同！

我很喜欢吉姆，相信这个世界所有的猫也是这样。当然，我并不是说和弗雷德在一起不开心。但是无论面对多么困难的问题，吉姆都懂得为研究和思考创造出一个合适的氛围。对于猫纤维瘤的研究就是在他的带领下进行的。最初人们认为是接种疫苗诱发了肿瘤，但是很快他们就发现即使是在普通的注射之后，也有出现纤维瘤的概率，这完全取决于注射部位的不同和个体的基因差异。他成功地将专治猫科的医生、教授、科研人员，特别是疫苗针剂的生产厂家召集在一起，提出这个大胆的结论，最终，各方对这一研究结果表示了肯定，并对日后的注射操作提出了建议。初版建议公布于 1995 年，其后分别在 2001 年和 2006 年进行了两次更新。从那以后，人类给我们注射时就懂得避开过于敏感的肩胛骨，这不仅提高了疫苗的效果，还降低了注射对身体可能的伤害。对于像我们这样特殊的物种来说，这是技术进步所带来的切切实实的福音。

吉姆因为他那超凡的号召力，于 2004 年被美国猫科医师从业协会推选为会长。

当我于 2006 年 5 月 1 日离开这个世界的时候，他还为我写了一篇触动人心的悼词，向着猫咪星球倾诉他所有的悲伤。

从没有人会对他有任何不满，除了 2007 年 4 月 22 日那个周日的上午，全世界都在责怪他。那个周日，明媚的阳光宣告着伊萨卡地区的春日在经历了一个漫长多雪的严冬后终于到来了。吉姆推出他那辆崭新的摩托车，穿戴好头盔和全身装备后出发了。

就在伊萨卡和康奈尔地区之间的79号公路上，只因一只横穿马路的猫与他相撞……整个兽医界从此失去了他们最好的发言人。

这是吉姆第一次让我感到痛心，只因为他过早地来与我相聚……

喵博士

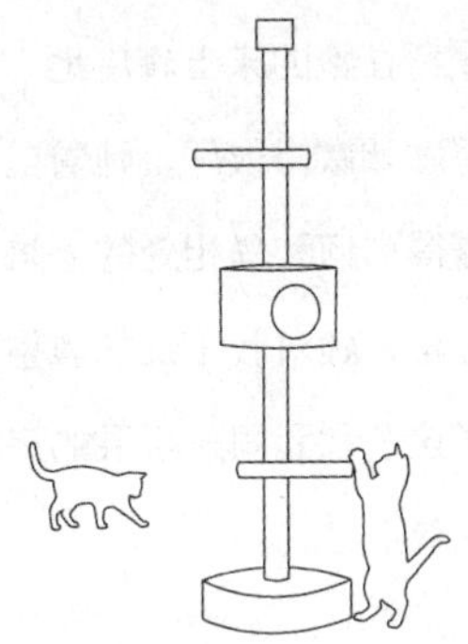

塞尔达

老人院的第 72 位住客

“最后的并非是最不重要的！”就像我们的英国朋友说的那样，这句话最适合送给生活在老年痴呆症患者专业护理机构的那只小猫。

我的名字叫塞尔达，我是在两岁的时候来到这里的（我可不太敢说我是被雇用的！），那天是 2014 年的 2 月 9 日。

那一天成为我生命的转折点，而我作为这个机构的第 72 位居民，我的到来使其他 71 位住客的生活发生了翻天覆地的变化。

我的办公室和住处都在二楼。这一层的住客都非常热情，特别是住在楼梯旁边的那位住客，因为她发现我和她的猫长得一模一样，以至于一见到我就决定要照顾好我。她的床迅速成为我的第二个家！每当她看电视的时候，我都爱窝在她的床上旖旎地小睡片刻。之前那只和我很像的小猫似乎将她调教得很好，她看电视的声音从不会过分吵闹，有这样一个懂得如何和猫相处的人陪伴是何等惬意！她从不会强行将我抱在怀里，她对我个性的尊重也使我很赏识。是她的孩子们帮她选择了这个和我同一楼层的房间，我真心对他们提出这样的好主意而感激不尽。

不仅如此，在这里的每一个人，包括所有的住客、工作人员，甚至这里的女主管，都对我非常友好。我真实地感觉到自己是被选中、被需要的那个，对于刚刚离开动物收容所的我来说，被这样善意地对待，绝对是一个莫大的安慰。

当然，在动物收容所里生活时，那里的人也对我很好，但是在那里我必须要和其他猫一起分享一间并不大的住所，这种不得不住在拥挤环境里的生活，对一只猫来说是难以忍受的。现在这里，我拥有一个大大的花园，花园里有花有树，还有随时可以仰望的蓝天。算上这里所有的住客和护理团队，我至少拥有近百个爱慕者。而护士主管让·保罗甚至亲力亲为照顾我的生活起居。虽然在我的眼中他有些洁癖，好像我不懂得如何清理自己似的。起初，我很反感他的做法，但是渐渐地我也开始理解他，开始明白他做这些只是为了让我更漂亮，于是我坦然接受了他的照顾，不再表现出任何的烦躁。

他还充当了我和周围那些护理人员的亲善大使，不仅仅是那些本想要照顾我的人，相反的，还有那些见到我就会害怕，甚至不敢和我单独乘坐电梯的人。

电梯在我看来是城市特有的工具，每次当我等着它来将我送往想要到达的楼层时，总会将它当成镜子来照一照。我总爱待在电梯的中央，气定神闲地一动不动，等着其他的住客纷纷从我身边绕行，这是我给他们的一个关切的小练习，让他们锻炼一下脑力和身体协调能力。

电梯时不时会有各种各样的小故障，需要暂时关闭维修。那个时候，即便是我也不得不做一些额外的运动，像其他人一样开始爬楼梯了。但我还是很快就找到了诀窍：6 层，分别装饰了 6 种艳丽的颜色，每一层楼的造型风格都有很大的差异。当门打开的一刻，我瞬间就能辨认出来。我能有这样迅速便捷的反应多亏了建筑师的设计！

即使在这里住了两年后，人们还总是惊讶我能辨认出楼层，能耐心待在电梯的正中央直到它到达我想去的地方。我悄悄地保守着自己的秘密！特别是，这些颜色不同的楼层常使我产生身处一艘巨大邮轮的错觉，而我就是这里的船长，可以根据不同的心境在不同的甲板间穿梭。

我最大的特点，就是待在被人期待的地方。总之，作为一只既不会看书也不会读科学论文的猫，我全凭心情办事。我不是奥斯卡，不是那只所作所为会被媒体大幅报道的猫。你们永远不会在濒死之人的床头见到我。就如人们常说的，这不是我想要的人生。我其实是很豁达的，我一天天过着悠然的生活，只愿能随心所欲；但我也是有头脑的，就像人类一样，我绝不会待在那些特别不喜欢猫的人身边。

如果我不是黑白两色，人们倒是可以给我起个外号叫“金发姑娘”，因为我试遍了这里所有的床。我最爱的就是透着干净味道的床，特别是当清洁人员刚刚打扫完的时候。这是我在用自己的方式表达对他们工作的欣赏。虽然我也知道我会在干净的床铺上留下一些毛发……但是我爱极了这舒适、柔软的感觉，我无法抗拒！在这些住客里有些是我的宠儿，但是对所有人我都表现出了自己极大的宽容，特别是对一位总爱将我抱在怀里的女士。面对这样直接的感情，我不会挣脱逃跑，而是任人摆布，因为我并不想划伤任何人。想要得到别人的尊重，自己就要先懂得去尊重别人，我愿为此赌上自己的名誉。

我既不会爬上桌子，也不会偷吃盘里的食物；既不会去厨房，也不会突袭早餐里的甜面包和黄油。但我对水和水源有自己的要求。当我觉得渴的时候，就会说出来，声音不高也不低，虽然我不会谄媚地喵喵叫，但是我有自己独特的表达方式。

我还喜欢图书馆里丰富的资源，甚至独自在里面过了一夜……

我并不是那种随随便便跳上人膝盖的猫！而且，我会尊重每一位住客的衣橱。不过我很喜欢串门，甚至主管的办公室也不会放过。我喜欢和人们度过温存的时光。我爱简简单单地待在这里的住客身边，特别是温暖的季节来到，我们能够一同坐在花园长椅上的时候。好奇心曾一度驱使我去了外面的大街，但是很快又回来了，只因为惦记家里的舒适。

巴黎市中心的一棵大树，和一位好友同坐在长椅上，带电梯的六层楼房，这些对于像我这样的猫来说，简直就是天堂。因为我就是这里的女王！也正是因为有了我，那些住客的儿孙们常常过来探望，他们总会看到我在书架上或是在花园里看着小鸟，藏在草丛里，或是和住客一起坐在长椅上。这多么幸福！

塞尔达

在布朗什大街家族主管伊莎贝尔·伊黛丝的好心帮助下

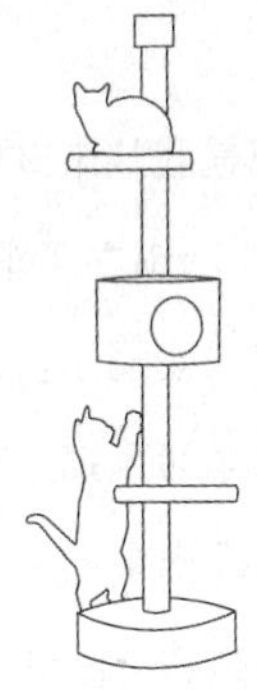

跳跳虎

学校的猫，猫的学校

当我们爱上大街上的虎斑猫时，就想着收养两只，因为觉得这样做是对的。但是小猫更希望我们在做选择之前能与它们商量，而我们有时需要经过多年，见证过各种惨剧，才能真正认识到这一点。

我第一次养的猫改变了我的生活！我的父母喜爱养狗，但那时我的一位初中老师家有两只年幼的小虎斑猫正在找人领养，在父母的允诺下，我将两只一起带了回家。

那年的我只有十四五岁，物理老师将它们带到了课堂上，可是其中一只却趁机逃跑了。整整3天时间里，我们将学校翻了个遍，终于找到了它并将它带回家里与它的姐妹团聚，从此以后我们一直相处融洽。

我为它们取名为跳跳虎和辛迪。

这是我有生以来头一次接触猫的世界，那是我从未有过的体验。记得有一次，它们中的一只因为被邻居不小心锁在了车库里，整整消失了两个星期。等它回来的时候已经非常瘦弱了，但是它很快就恢复了正常的生活。即使到了今天，我学习了那么多与猫科动物相关的医学知识后，还是会对它当时表现出来的求生意识钦佩不已。后来，它们其中一只患了甲亢，被送去当时我进修的兽医学校进行手术。这是次非常有意义的经历，让我有机会以猫主人的身份亲身经历和体验作为顾客的感受。我的每一只猫，都为我带来了它们自己独特的生活体验。

继它们之后，我又领养了两只并不是同一胎出生的小猫，它们是我在猫科学校就读时遇到的，那时我正在攻读博士学位。是我将它们带出了它们曾奉献了两年的实验室。初到我家的第一天，它们并不信任我，而是一同在床底下藏了三四天。

当它们最终鼓起勇气从藏身处爬了出来，小心翼翼地观察着整个房子时，就在那一刻，我开始感受到它们的信赖……它们已不再是被困在实验室的两个小囚犯（虽然在那里它们能得到很好的照顾，但只能住在有限的空间里，还要遵守很多规则）。我很开心看到它们能够享受自己的生活，而我自己似乎也被这样的幸福感染了。即使它们并不是一母所生，可是佩妮和曲奇却相处得十分融洽。

从幼年开始，它们两只就彼此陪伴直到成年，它们甚至总是相拥而眠。曲奇，其中的那只灰色的小母猫，因为身患肠淋巴瘤而不幸早逝。失去那样善良可爱的它，我承受了巨大的痛苦。当癌症击垮了爱猫时，我像所有的主人一样，只能默默乞求出现奇迹。我现在更能理解我客户们的心情，因为我也感受过想要救护自己爱猫的决心和力量，而这种力量正是来自于人和动物之间强烈的牵绊。

后来，我再次从救助中心领养了两只猫，跳跳虎和欧利，大概是为了不想让佩妮觉得孤单，后来又有了基塔，一只欧西小母猫。我总是同时饲养成双成对的小猫，让它们能够愉快地互相陪伴。这大概是我们所有人都曾有过的想法，但我自觉一直以来都做得不错。我这次领养的两只猫来自于不同的救助中心。救助中心和我们说跳跳虎是一只小母猫，而我当时也没有亲自去确认。那时，它只有 14 周大，非常漂亮。当它来到我家后，我才意识到了自己的错误：那是我和它一同在花园里玩耍的时候，突然我不小心看到了它摇来摇去的小尾巴……跳跳虎竟然不是姑娘！我的这 4 只猫在一起生活了差不多 10 年的时间，因为它们平日里能够自由外出，所以我从未见过它们之间有过任何的争斗，甚至连相互咆哮都没有听到过。虽然它们之中有一只曾一度在家里用尿到处标记，但我觉得当时正处于几只猫共同生活的磨合期，所以情有可原。

欧利，我的三色猫，被发现患有肾功能衰竭症，并且它的病情发展迅速。仅仅 3 个月后，我就被迫做出最后的决定，虽然异常艰难，但是我们不得不评估它的生活质量——即使我会犹豫不决——以决定是否需要帮助它进入长眠。

但接下来发生的事情使我不安，而且我永远也不会忘记：当欧利离开以后，剩下的 3 只猫之间惯常的生活轨迹彻底改变了。我的那只虎斑猫，以前总爱往外面跑的跳跳虎，也正是它喜欢在角落里留下尿渍，现在却经常待在家里，并且再也没有留下任何的污渍。在欧利去世以后，似乎一夜之间，它的行为习惯完全改变了，变得异常安静。

这时我才意识到，原来欧利曾带给它这么大的压力……

现如今，它是家中唯一的幸存者，是家里唯一的主人，每天过着幸福的生活。但是我绝不会忘记之前所有那些猫带给我的启示。它们是我最好的老师，尤其是那些虎斑猫，就像跳跳虎！

取材自
安迪・斯帕克
兽医，国际猫科医学协会科学主任

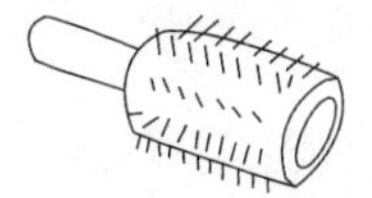

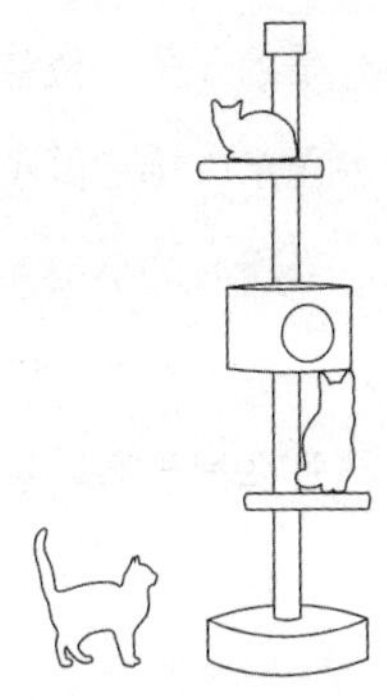

米娜

猫砂：人生中的重大一课

蒙克利夫说过，人们从阴沟里也可受益匪浅。3个世纪后的今天，我们从猫砂中学到了很多，因为我们接受了猫咪们提供给我们的关于生活的忠告和教训……

米娜加入这个家庭的时候，家里两个最大的孩子已经离家，变成了大学校园里活跃的青年，只留下了对足球疯狂着迷的小妹妹还有我——萨拉，一个寄养在这里的孩子。

虽然和以前有些变化，但米娜还是很快就适应了这里的生活。冬天，它曾溜出去玩了一次，结果在来年春天到来的时候，就生出了自己的第一窝小猫崽。当时我们是那么开心！米娜和它的小宝贝们就住在房屋中间的壁橱里，我们为它们铺上了遮光的毡毯，以屏蔽掉大部分的噪音。

米娜第一次和它的幼崽们坐汽车出去旅行，是为了去一位兽医亲戚那里度假一个月。在这段时间里，那位兽医亲戚给它做了绝育手术，并且为小猫们分别找到了新的主人。当所有的小猫都安置好后，米娜独自回到了我们这个人类之家。

从那时起，它的情况开始变得糟糕，它不再那么爱干净，甚至总是会尿在不同的地方……

后来蕾娅也来到了这里，我们两个孩子一同被寄养在这个家里。蕾娅的性格和我大相径庭，我虽然有些好动，但不太让人操心，至少我自己是这样认为的，对那些小猫我也很有爱心。但和我相比，蕾娅在找到这个益于她成长的温和环境前，经历了很多可怕的事情。至少对于米娜，我觉得她们都没有很好地去体谅对方，特别是当她尖叫着试图捉住米娜的时候。

自从做了绝育手术，米娜一直忍受着一只心眼很坏但身体健全的（从未做过绝育手术）小母猫的骚扰，它经常会来到巨大的玻璃窗前撒尿，并借此侮辱米娜。这也使其他的公猫们对米娜产生了不好的看法……我本人并没有看到这一切，因为这些事情发生的时候我大都待在学校里，但是阿姨，就是这个家里我们的妈妈，她给我讲了米娜所经受的恐怖遭遇。每当它看到那些坏猫出现的时候，总是吓得待在玻璃窗前一动不动，任由它们充满恶意地尿在它的身上，却不敢逃跑。

慢慢地，米娜搬去了车库（位于房子的后面，紧靠着厨房），它的情况已是一团糟，总是习惯性地尿在猫砂盆外，而猫砂盆就放在它的饭盆旁边。（“我觉得这样放没什么问题。”阿姨是这样说的，她可能并不清楚这样做是不对的。）它就这样窝在昏暗的地下室里。米娜开始过起像隐士一样的生活，它只会在合适的时候溜去花园里转一转。因为它的情况已经恶化至此，我们不得不召开一个家庭会议来商讨对策。这时已经找不到任何简单的解决方案了。我们的邻居们并不想为此阉割他们家的猫，将它们留在家中，或是改变它们这些恶劣的行径，而我们也不能专门为米娜养一只看门狗，这可能会让它更加戒备……最终我们决定，为了米娜能拥有更好的生活，我们将不得不和它分离。

当它离开这个家的时候，它待在笼子里，放在一辆从未来过这里的汽车上。这也是米娜最后一次被那些猫咪“恐怖分子”中的一只公猫袭击：它来到汽车的挡风玻璃前对它喷尿，并且直直盯着躲在笼子里的米娜……

在被送到新家之前，米娜先是住进了兽医诊所里一间临时中转的房间，需要先教会它保持干净的生活，在不到 12 个小时的时间里，它就学会了重新使用猫砂盆，通过了测试。

今天的米娜生活在一个没有小孩，也没有其他宠物的家庭中，它很喜欢那里。我虽然知道它当时被迫离开自己的家时有多么艰难，但那是为了它能生活得更好。有时候离开是唯一的选择。米娜和我，我们都深爱着对方。

无论它在哪里，它都知道我仍然爱着它，我也很高兴看到它在其他地方生活得很好。

取材自
萨拉
12 岁的学生

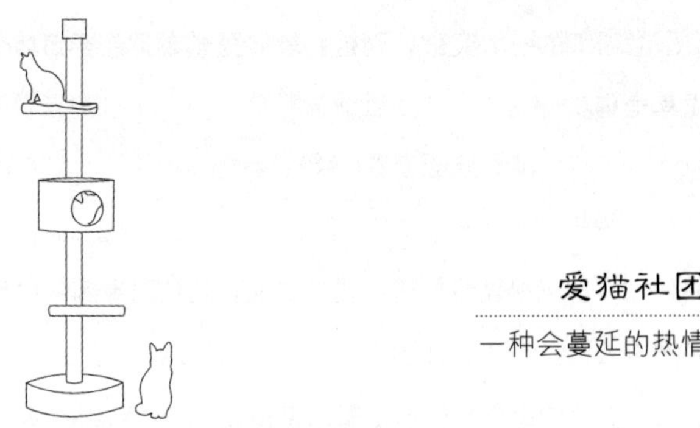

爱猫社团

一种会蔓延的热情

和单只猫不同，成群的猫有时候会改变历史和科学的进程，因为传染性疾病对于猫来说是一场由来已久的灾难。

1970 年，因为一位猫咪饲养员的影响，我的职业生涯产生了一些变化。1964 年，猫白血病病毒，FeLV，作为第一个被确定的动物反转录病毒，被我的兄弟威廉·贾勒特正式分离了出来，当时我也参与了他的整个研究。而美国巴尔的摩研究所的罗伯特·加洛在日后做出的关于人类反转录病毒的研究，正是受到了这项研究的大力鼓舞。科学研究的每一个发现都会对其他的研究有所助益，这个在猫身上首次发现的反转录病毒，竟会促使研究人员在仅仅几年后就在艾滋病病毒的领域有所发现。人们认识到了某些肿瘤和癌症的发生与特定病毒感染之间存在联系，这是人类医学研究的一大突破，而这些重要医学成果都要归功于动物，尤其是猫。

在发现这种病毒6年后，我们已经建立起完备的科学数据库，并且利用它来帮助我们研究猫的血液，包括已患病的猫和那些携带病毒的猫。这时我们已经认识到，当许多猫生活在一起的时候，在它们群体内部患病的风险要大得多。

今天，很多年轻的兽医大概早已忘记了这种疾病，可是它仍然是致命的，它曾感染了猫群中近 1/3 的猫（其中 85% 受感染的猫在很短时间内就死亡了）。

这就是安・伊姆拉赫，一位住在邓迪的暹罗猫饲养员亲身经历的惨剧，她还做过猫展的裁判。

但是她并没有放弃，她试着联系了自己的一个朋友，一位在格拉斯哥大学从事寄生虫学研究的专家，正是他主动和我们取得了联系。那时安饲养的好几只猫相继发病，表现出淋巴瘤和严重的免疫系统疾病的症状。我们和一位同事一同去了她那里，对所有的猫都做了检查和测试。其中有一些已经严重到完全没有希望了，其他的一些我们也只能将它们暂时隔离，避免接触那些健康且无携带病毒的猫。这样做只是为了帮助饲养员不至于失去整个谱系的猫，并且替她保留下漂亮的种猫，避免出现无法挽回的损失。

白血病病毒正是通过猫咪之间不断地进行友好的日常接触而传染的，特别是对暹罗猫这个品种而言，病毒能在不同的猫个体间迅速传播。小猫是最容易感染的，因为它们总是一起被饲养。

之后每过6个月，我们都会去那里重新对所有的猫进行检测，当然也是为了确认苏格兰的猫白血病患病率是否已达到30%，这和我们的美国同行威廉·哈迪、马克斯·埃塞克斯在东海岸做出的结论相符。

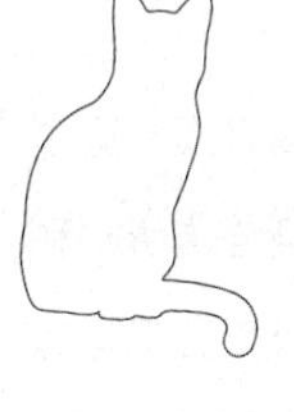

我们很赏识安的做法，她像所有的爱猫人士一样，表现活跃，且很有影响力。她积极参与运作，甚至我可以这么说，她利用自己良好的人际关系，在所有爱猫的朋友之间，运用带有强大感染力的激情，将处理疫情的方法迅速传播了出去。消息的传播和这种最强大病毒的流传一样快速有效，不过这一次，却是为了传播健康。

她对整个英国的养猫社区都发出了警告，首先是对暹罗猫的饲主们，随后很快扩散到其他品种的饲主，她告诫所有人进行血液排查的迫切性和必要性。而科学数据只有在被那些需要它们的人们所了解、执行和支持的时候，才能真正发挥效用。正是因为这样，猫白血病才能很快在猫养殖业中被彻底消除，真是万幸。除了传统的检查措施和对感染病毒的猫进行有效隔离之外，行之有效的疫苗的问世也取得了不俗的成绩。

与爱猫社群交往是一件很愉快的事情，我也很高兴成为这个已经在英国存在了很多年的爱猫社团的负责人，它整合了所有和猫咪有关的组织和个人：动物保护协会（包括那些只负责保护猫的组织和保护所有动物的组织），不同品种猫的俱乐部，血统登记处，兽医，大学研究人员，还有律师。它的魅力在于将所有的人都召集在一起，以实现大家共同的目标：为实现猫的福祉而努力。他们聚在一起清楚而又客观地分析着所有因素，以达成行之有效的共识，而不是像那些犬科同事们一样，对于内部冲突毫不克制。制定与猫相关的法律章程是最近社团发布的主题，它不仅涉及政治层面，而且还需要道德约束和相应的规章制度。

在猫咪 4 个月大的时候对它们实行早期绝育手术，不仅有助于调节猫咪数量，而且还能有效预防多种传染性疾病。这是整个爱猫社团内部所有人都赞同的一种做法。

我的父亲是一个木匠，他曾拥有一整个农场，还养了很多工作犬，在他看来，养猫就是给自己制造小麻烦而已。

但当我成年后组建了自己的家庭时，我们家一直都会养猫。我将自己的职业生涯都奉献给了它们，而它们也带给我无限的快乐。

对于一个科学工作者而言，这样的经历是很罕见的：发现一种病毒，见证因它而肆虐的疾病，最终享受将它降服的快乐。

我非常感激能在疾病蔓延的最初阶段遇到那位暹罗猫饲养员。正是因为有她，还有其他所有对此事件有所助益的人，使得人类最终挽救了许许多多只猫的生命。

取材自

奥斯瓦尔德·贾勒特

苏格兰格拉斯哥大学病毒学名誉教授

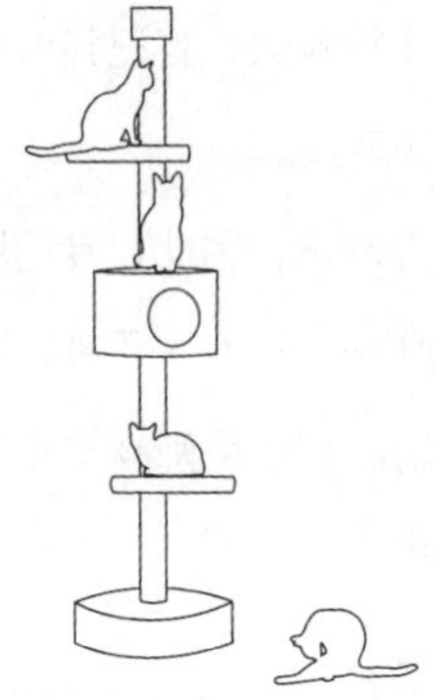

玛雅

稍纵即逝的快乐

人生就像一场跌宕起伏的山地赛，有步步爬升，也有缓缓下坡。猫是我们生命每个阶段的忠实记录者，它们帮助我们将生活翻篇。

当我们已经在猫的陪伴下度过了大半生，步入人生的黄昏时刻时，我们将面对几个不同的选择：理智一点不要再养了，因为人过了 80 岁，谁也不知道明天会发生什么；或者正相反，仍然对生活充满信心，抓紧现实中的每一天。就这样，我和约翰最终下定决心重新收养一对猫，一对暹罗猫双胞胎兄妹。对我们来说，玛雅是属于我的猫，而米沙是约翰的。

这是 6 年前的事情了，可如今想起来却仍像发生在昨天一般。

它们到来的时候还是小猫宝宝，只有 3 个月大，且已经做过绝育手术了，这为我们避免了很多不必要的麻烦。

到家的第一天，我有意和它们培养感情，因此，专门陪小猫小睡了片刻，它们两只紧紧贴着我的肚子，让我入了神，甚至忘了睡觉。就这样，我很快就爱上了它们。它们是那样与众不同，而我漂亮的小玛雅，也立刻就接受了我。

我的一生中从未经历过做母亲的喜悦（也未体验过与之相应的束缚），但是你们，给予我同样的幸福！

你们两只的性格各有不同，而我们很快就结成了女生帮和男生帮，让我和约翰焕发了青春活力！

你和你那双胞胎哥哥很是亲密，它很有耐心，也不去乱碰你的小玩具，特别是你的小黄猫。它一定会觉得你有些太过闹腾了，但是它接受了这样的你，随时准备着和你一起出去疯狂一番。说实话，米沙特别喜爱你的活泼可爱。每次到了午睡时刻，你们在枕头上玩耍时，它都喜欢将小耳朵搁在你的身上。你们两只的睡姿总是乱七八糟，一同摆出各种不可思议的姿势，令我们忍俊不禁。似乎你的哥哥已将你看作它的专用小枕头——只是从它的角度来说，因为你可是绝对不会提出这样的要求的！——而你们不论在任何地点睡午觉，都能将自己变成一个艺术作品。谁也不比谁的睡姿更加优雅，真是相似的兄妹！

米沙最擅长的就是待在它的主人约翰膝头冥想，一天至少两次。因此后者也练就了即使在腿上或在手里放一个打呼噜的盒子也能陷入沉思的本领。这是他俩的发明，男人间的故事。

我美丽的小玛雅，你拥有舞蹈家那优雅而又灵活的身姿，能在猫爬架上蹦得越来越高，而且总是开心、幸福地生活着。你还喜欢和我闲聊。我们之间经常会进行长时间的对话，你那奇怪的口味带给我很多乐趣：咖啡的香味就能将你从房子的另一端吸引过来，你也总是能从购物袋中精准地将沙拉搜出来，每次吃午饭前，蔬菜脱水时发出的声音就是提醒你过来吃蔬菜的信号。

你有一个心爱的毛绒玩具，你最爱的朋友，一只小黄猫，那是我们多年前送给贝拉——我们之前养过的一只俄罗斯蓝猫——的礼物，现在你将它继承了过来。你曾把它带来送给我们，令我们非常感动。它总是会出现在不同的地方。有好几次，你把它藏在地毯下面，害我们四处寻找了好几个星期，但每次找到它又会带给我们无限的快乐。我从未动过念头将你画入画中，可是我却知道在画中的你肯定非常出众。

早晨，你最爱待在窗边打盹儿，同时还支着小耳朵细心分辨着鼠标点击的声音，留意着电脑里邮件和照片跳动的画面。

我的小玛雅是那么优雅，你出现后的这 6 年里，我体验到了无穷的快乐，但快乐的时间总是太短……你毫无征兆地在我的怀抱里离去，只留下了一声凄厉的叫喊和难以忍受的痛苦。那天，你像往常一样跑来同我午睡，开心地钻入被子里面，这一直是你的特权，也是你的幸福所在。在被窝里的你发出了舒适的呼噜声。

我们在一起享受了这短暂的小睡时光，我却不记得是否真有谁睡着了。

电话响了起来，是约翰从意大利打来的。我挂了电话，犹豫着是否要再睡片刻。突然，你开始尖叫，带着你全部的绝望，承载着你所有的痛苦，是那样毫不留情，我甚至无法相信自己的眼睛。接着，一切都停止了，你的叫声，你的呼吸，你的生命。

我的一部分也随你而去了……我流着眼泪，徒劳地想要将你救活，哽咽地在电话里对着兽医描述着刚刚发生的一切，试图弄个明白。

米沙似乎也有所感应，它思考着，一遍又一遍地寻找着你，

它的生活习惯在一夜之间改变了。以前从不和我一起睡觉的它，现在开始主动钻进我的被窝。以前不爱爬上我膝盖的它，从那以后也像是被胶水“粘”在了我的腿上。我明白，它其实只是想要填补你留下的空荡。

我们互相安慰，想要变得坚强，但其实，我们都在怀念你那疯狂的模样和特别的口味。

玛雅，6 年是如此的短暂。人的一生中会有很多很多只猫，我很清楚这一点，但过了 80 岁后，看着你就在我的眼前离开，仍是那样的惊心动魄，仍会感到再一次的心碎……

我至今仍能感觉到你的存在，就在我身边。谢谢你，我美丽的小玛雅……

取材自
西蒙·斯科特
退休教授

佐伊

发展猫科医学

琼·贾德和我都出生于1915年，为了我们共同的热情——猫，我们奉献了自己的一生，以期改善它们的生活，帮助它们更健康。

1943年，我养的猫中有一只因患斑疹伤寒死亡，正是这件事促使我最终成为一名兽医。因为在那个年代，尚无可以为猫所用的疫苗。

在我10岁的时候，我就着手将父母位于康涅狄格州家里的畜棚改造成了一间猫医院；我甚至还为猫儿们创作了一首葬礼进行曲，可惜我常常要演奏它，因为那时我无法救治它们。

幸运的我获得了在康奈尔大学进修兽医学专业的机会，并于 1950 年顺利毕业。当时，我还是那一届学生中唯一的女性！从 1962 年起，我花费了大量的精力去分析和研究猫传染性腹膜炎，这种致命的疾病距人们首次发现它已过了大半个世纪，但仍没有找到合适的治疗方法。我在 35 岁的时候搬去波士顿，加入了塔夫茨大学兽医专业下的安吉尔纪念动物医院，并在那里工作了 36 年，只为能更好地研究各种与猫相关的疾病，继而将其攻破。

在我的职业生涯中，总是不断对猫咪产生新的探究心。只要和猫有关，我就永远都不会觉得无聊，而我的思维和眼睛也总是处于警觉状态。

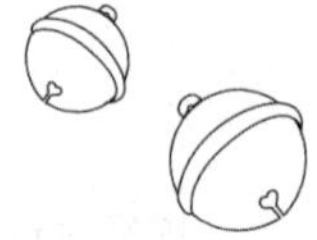

早在 1962 年，我就下定决心要为猫科病理学撰写一部参考书，并将其献给安吉尔医院的所有“病人”。但是我不得不承认，因为我那不可救药的完美主义作祟，导致这本 971 页的作品，该专业第一本权威著作，于 1987 年才最终得以出版，那是在我刚刚退休的时候。从那时起，直至我去天堂，我都坚持阅读和猫科医学相关的科学出版物。今日不同往昔，此类作品的数量已相当庞大。

我离开这个世界的时候 91 岁，那时正在和我的猫佐伊一起听我们最喜欢的歌剧。它始终陪伴我左右，它 19 岁了，我的年龄颠倒过来刚好是它的。

我没有孩子，但是我很开心自己被称为猫科医学之母。

请大家继续努力，因为猫儿需要你们!

以此文纪念
珍・霍尔兹沃思
兽医

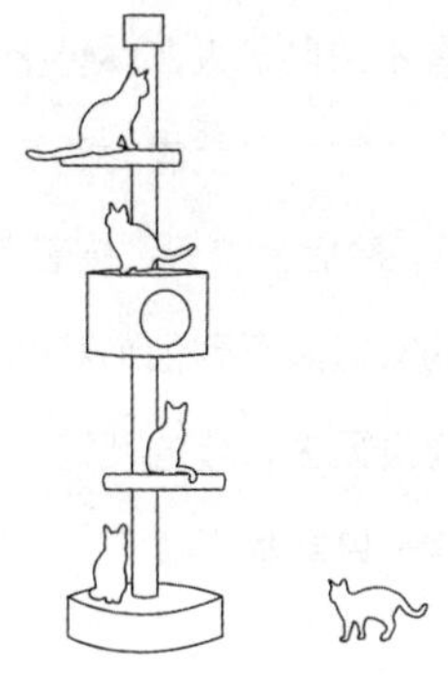

西派特和其他

生活，就像猫一样！

没有猫的退休生活曾一度使我觉得无趣和恐慌。此后，我把自己的每一天都奉献给了那个小猫群，它们占据了我全部的时间，将我塑造成一名哲人。收留来到门口的那些猫和那些人，使我受益匪浅。

“在我所有的7只猫中最美的，是艾米丽，它是我的女儿！”这是我儿子在谈起他家里所有的猫时亲口说的话。他之所以会如此爱猫，那是因为他和家中的猫一同长大，虽然我从未同时养过两只以上的猫。

成年以后，我儿子成功地感染了他的妻子。在他们相遇之初，她本对猫没有什么特别的热情，但是现在她比我们更爱猫，甚至有些超出了理智。

由于他们一直没有孩子，她不得不求助于人工体外受精（试管婴儿）。但是，每一次试管婴儿尝试的失败就成为购买或是收养一只猫的理由。就这样有了第一只，然后第二只，接着第三只，直到第八只猫加入了这个渴望孩子的家庭。直到他们养的一只漂亮的挪威猫安塔尔因患猫传染性腹膜炎死去，我的儿媳才想起来咨询兽医的意见，以决定是否再收养一只新猫。

她的兽医告诉她，这 7 只猫生活在同一个公寓里，却懂得保持清洁，融洽相处，相互喜爱，而多领养一只猫很可能会从根本上破坏它们之间已经形成的这种脆弱而又卓越的平衡关系。她很不喜欢他看待这个问题的方式和角度，并且直截了当地对他表达了自己的不满。但是最终，她还是选择听从他的意见，放弃了再养一只猫的想法。该来的总是会来的，终于，我的小孙女出生了！

可是女儿的出生并没有阻止夫妻俩分开。在一个阳光明媚的早晨，我的儿媳突然出现在我家门外。她按响了门铃，我打开门，看见她带了4个巨大的装猫的箱子，7只猫都在里面：阿托尼、阿特拉斯、宾虚、柏辽兹、布巴、卡琳娜和格里布伊。她告诉我只是暂时将它们寄养在我这里，直到他们找到一间新的公寓。

但这……6年前的事了。她的猫从大箱子里跑出来，四处看看，似乎有些害怕……却再也没有离开过我家。我刚刚将它们安顿好，我的儿子——她的前夫——也回到了家中。一夜之间，我的生活发生了翻天覆地的变化。没有办法，我只能全部接受他们，尽力帮助他们更好地生活。

那时我刚刚失去了自己的猫，名叫小西派特，它罹患乳腺癌去世，这完全是因为我的无知——给它服用避孕药（绝对的毒药……）而诱发的疾病。

这只可爱且黏人的小猫和我生活了10年。它很有趣，而且还是名副其实的跳高冠军，它会像小狗一样将扔出去的小纸球叼回来。我就是那个被它相中的幸运儿，甚至每次当我还未坐下它便会迫不及待地跳上我的膝头。到了晚上，它喜欢睡在我的身边，似乎在忠实地守护着我的美梦。兽医在我家中为它施行了安乐死——这是第一次别人向我建议在家中施行安乐死——就发生在我工作的间隙，中午12点到下午2点间，这让我有一丝宽慰。

因为我曾亲眼看到一只猫在家中垂死挣扎，从此便再也不想重温那种恐惧。一开始我对手术很是担忧，因为并不知道整个过程将如何发展。多亏了小西派特那坚毅的性格，最终一切顺利而又平静地结束了。当时的场景至今仍历历在目，我还记得它在我的床上入睡时窗外那漫天的雪花，也会常常想起兽医轻柔地将那蜷成一团的小猫放进摇篮里的情景。当我踏上自行车，重新回去工作时，我哭了，我默默地告诉自己，这是我能送给它的最后的礼物。我虽然很痛苦，但同时又如释重负，我和它都最终得到了解脱。最痛苦的事莫过于不能在宠物的最后时刻陪伴它，但是这次，我没有抛弃它，我一直陪着它走到了最后。

我的公寓从那以后变得空空荡荡，尤其是当我退休以后。我担心自己临死前都不再会有猫咪陪伴，这是我的噩梦，使我焦虑不安。

是上帝听到了我的声音吗？还百倍地补偿了我？没错，就是这样！我完全没有预料到将会迎来一整个猫群，它们以不容拒绝的姿态闯入我的生活。整整 7 只，完全可以组成一个手球队伍了。

我迅速接手了对它们的严格管理，因为我做不到在没有规矩的群体中泰然自若地生活。可是同时，我也变得豁达了。无论如何，如果我和它们对抗，那简直是白费力气。它们很快就接受了我，而我也紧随它们的步伐。

家里的地毯是由方块拼接而成的，很容易替换，所以我并不用特别为此费心，但是我在阳台上安装了透明的推拉门，在保证安全的同时，还能方便它们观察外面的世界。

至于猫砂，虽然我只有两个巨大的猫砂盆，但我每天都会清洁数次，因此从不会有任何难闻的气味，我会定时清理掉里面留下的任何让它们（还有我们！）的嗅觉不舒服的东西。

我的公寓面积并不大，但是每个人都有自己的房间，所有的房间门都半开着，方便空气流畅，也方便家里的猫们自由活动。晚上，它们喜欢睡在我儿子的床上，他仍然是它们的主人。而且他总是读书读到很晚，这也符合它们的喜好。

当我的儿子陷入了深深的抑郁时，它们是仅有的几个可以刺激他有所反应的存在，我欠它们一个人情。在诊所里，他总和我谈论它们。他的医生甚至批准他回家探望家里的猫们。它们就是他和生命之间仅存的那点最脆弱的联系，我在心中对它们怀有无尽的感激。而且，猫们总是能轻易地认出他来，无论他是否正在服药，抑或是他已离家好几个月。它们简直就是忠诚的典范，从不会为他留下一点点阴影，和它们重聚只会使他异常开心，这就够了。

它们的脾气各不相同。它们每一只都有各自的喜好。也要感谢上帝，不是所有的猫都喜爱趴在膝盖上，否则一定会有猫要伤心了！是它们主动选择了我，而不是我们选择了它们！譬如，卡琳娜在我儿子的床上有自己的专属位置，而其他所有的猫都会尊重它，给予它选择的优先权。剩下的位置都是可以随机应变的，但是它们每一只都有自己习惯的方向和夜间固定的位置。它们可能会为错误的分配争辩上几句，但总是能在睡觉的时刻到来前达成调解，因为这对它们来说是一个非常重要的时刻。它们明白，要想睡得好，就必须要卸下自己所有的防备。

它们之间有时也会上演警察追坏人的戏码，当然身份是可以互相转变的，似乎总是一只招惹另一只，然后一起做做运动而已，并没什么大不了的。

每一只新来的猫都会受到大家的欢迎，而且它们之间总是团结互助的，例如格里布伊就有一个绰号叫作“男妈妈”，因为它总是任凭卡琳娜吸吮它的乳头，直到发炎才作罢。

而最终给我带来最多工作量的就是诺亚了，它是一只红棕色的虎斑猫，我是在大楼底层发现这只居无定所的流浪猫的。它可被看作是整支猫咪队伍的主教练！它什么都不怕，也完全不怕人，除了……水枪，而其他猫总是亲切地用爪子抓或是用眼睛盯着看。

我一直很喜欢红棕色的猫，所以我无法抗拒它！

取材自

米歇尔·塞里埃尔

退休医疗秘书

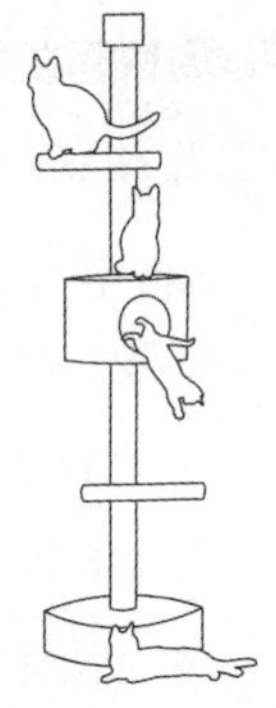

卡都和其他

我的3个“虎斑男孩”

我们可以做完全会被病人情绪感染的猫科医学教授。尽管达尼埃尔·甘莫尔拥有这样的资质，但她首先且最重要的身份是一位猫主人，有着一颗温柔却又伤痛的心。她带着如此强烈的爱恋和忧虑，眼看着她的猫逐渐老去。

我一直很喜欢“虎斑男孩”，也就是雄性的虎斑猫，而它就是我的第一只猫。

事实上，它有一半的波斯猫血统，它的母亲从家跑出去后，和一只野猫走到了一起。那时我只有六七岁大，我的姐姐从学校回来的时候带回来一只小猫。因为在它的两眼之间有一个漂亮的“M”记号，所以大家给它起名为米斯特。因为它的心脏有些问题，所以它的饲主并不想要它。米斯特每天都和我睡在一处，可惜它并没有活多久。它在横穿马路的时候死去了，这不幸的一幕被我姐姐看到了……

卡都来到我家的时候，其实我已经有一只叫塔里斯科的索马里猫了。但是弗兰克，我的丈夫，一直想要一只属于他自己的猫。为了庆祝我们的结婚纪念日，我们各自养了一只猫！

卡都刚到这个家的时候还是一只小奶猫，温顺，有些认生。那时的它虽然只有 7 周大，却有着像圣诞树一样蓬松的尾巴，穿着一身虎斑纹的长毛衫。

我早已做好安排让卡都和弗兰克晚上一起入睡，以便他们快速建立起深厚的情谊。无奈弗兰克晚上总是睡得很沉，当卡都想同他说说话的时候怎么都叫不醒他——它那时候还太过瘦小——卡都很快转换了在床上的方位，然后……心甘情愿地做了我的猫！

卡都是一只很喜欢被人抱的猫，它有自己独特的表达方式，它会将两只前爪搭在你身上，等着被你抱起来。接着它会用小爪子围住你的脖子，安静地靠在你的胸口，完全和小孩子没两样。

卡都似乎和我很合得来，即使在大庭广众之下它也不会有任何拘束。我常常带它去学校，还在办公室给它安置了家当，包括它的篮子和宠物垫（一张小羊皮制成的柔软舒适的毯子）。它就像是在表演戏剧，在轮到它出场的时候才会露面，而我则在一旁一边抚摸着它，一边给学生上课。我会提前告诉它我将要做什么，然后在它的恩准下为我的那些兽医学生们做展示，告诉他们如何才能在尊重猫咪的同时在它们身上实施各种有效的操作：譬如打开嘴巴，检查眼睛和耳朵，抽血的正确位置，取尿液样本，以及测定血压。

它后来患上了慢性肾病外加高血压。这真正让我了解了老年猫的各种疾病，不是仅仅通过查阅病症，而是在日常生活里。卡都确确实实地为我展示了老年猫体质的特殊性以及与青壮年的差异。

晚上，甚至大白天，它都会大声地喵喵叫（虽然它的血压被药物控制住了），而我的丈夫作为神经生物学家，当时正在研究这种疾病，立刻就想到了它可能患上了老年痴呆症。正是因为卡都，我和我丈夫弗兰克得以共同研究这个问题，并最终发现了猫科动物的认知功能障碍。

我终于明白了一只年老的猫对于安全感和人们的关注度有着

怎样超乎寻常的需求。卡都曾经是一只非常优秀的猫，那么快乐开朗，但是当它开始遗忘的时候，它的叫声却是那样令人心碎。它眼中的世界开始萎缩。逐渐地，它开始不愿出现在客厅里，直至最后，它甚至舍弃了除卧室、厨房和卫生间之外的一切场所。它还在我床底的鞋柜里安了一个窝。为了它和它的健康，我也算是开启了无穷无尽的想象力。每当它犯病的时候，我都会毫不犹豫地钻入床底去安抚它。我开始允许它在床底下吃饭，在床底下喝水，直到有一天我试图说服我的丈夫同意将猫砂盆也放到床下时，他对我大声地喊了“停”！

直到生命的最后两天它才感觉到痛楚，但是它将自身的洁净保持到了最后一刻。我们能看出它一直在试图战胜病魔，战胜自己的痴呆症。

我将它带到兽医学校去验血，结果表明它已经出现肝功能衰竭。通过腹部的超声波造影术，我们发现它的肝部有一个巨大的肿块。我曾祈祷那只是一块胆结石。紧接着，它接受了一个手术，就当着我和所有学生的面——全都是认识它的人。大家一眼就认出了那是一块肿瘤……是绝症。我不能让它就这么带着那可怕的肿瘤醒过来……但是无论如何，我都希望可以最后一次将它抱在怀里。于是，我将所有的人都请了出去，最后一次将它放在怀里，

给了它一个很久很久的拥抱……它曾是那样独特的一只猫。

在它离开后，我整整两天完全无法进行任何工作……

史酷比当初来到大学是因为它双侧的髌骨脱臼，还可能会承受胫骨嵴错位的痛苦。那时它只有 18 个月大，是一只异常羸弱的小缅因猫。

看到这种大猫竟然会这样弱，而且身患残疾，着实让人有些心痛。其实我并不认识它的主人，是他们主动过来咨询外科手术的相关事宜。

第一次的手术并没有得到预期的疗效。对于猫而言，这是一个非常麻烦的手术。它的主人很快就再次将它带到大学，因为他们实在是无法让它完成术后的肢体机能训练——这需要将它一直关在家里的笼子里才行。就这样，史酷比再次住进了医院。医院的猫舍有一个很大的玻璃窗，它待在那里无视所有路过的人，除了我。只要我从那里经过，并且看看它，它立刻就兴致满满。

史酷比看着我，我也看着史酷比，它就是这样一个与众不同的病人。尽管它很害羞，但身上仍然散发着缅因猫那不可思议的魅力。在它住院的 5 个月内，我甚至定时去看它。而这期间，它的手术和治疗也在顺利进行着。

为了救治一只患有严重贫血症的猫，我需要为它输血，而既高大又漂亮的史酷比就是最理想的献血者。于是我和它的饲主通了电话，他们接受了我的建议，善良的史酷比也愿意做捐献者。于是它静静地坐在我的面前盯着我，同时伸出了它的小爪子，在它的配合下我们很轻易地就完成了采血的工作。

它的主人来医院探视过它三四次，我也终于与他们碰了面。但是每一次，史酷比都欢快地投入我的怀抱。我好几次不得不试着将它推出去，希望它能主动去拥抱自己的主人，但是毫无效果……它坚持要回到我的身边。

直到它被宣布痊愈的那一天，它不得不重新回到家中。

两个星期以后我给他们家打了通电话，想要了解一下它出院后的情况，以及他们患有哮喘病的小孙女的身体状况。他们口中描述的史酷比是一只冷漠而且孤傲的猫，可是在医院里它明明是所有猫中最迷人的那只，用莎士比亚的话来说，也是“所有猫中最柔嫩的那个小布丁”。

没过多久，他们就再次给我打了电话，告诉我他们将不得不和史酷比分开了。是因为它的性格，抑或是它的气质吗？它并不是那种典型的缅因猫长相，有着一张略显扁平的脸庞，一双大大的眼睛，和一个相对于年龄来说有些弱小的身型。它直到 3 岁才完成了成长。

我感觉周身的热血在沸腾，想都没想就向他们提议将史酷比交给我来养！然后，在车里放了一个巨大的笼子就立刻动身去了他们家。

它一看到我，就立刻朝我扑了过来，从那以后我们再也没有分开过！

这是我职业生涯中第一次，也是唯一一次，做出这样的事情。在我的人生中，曾出现过数以百计，甚至数以千计的猫，从没有哪只曾让我做出这样的选择。

它的旧饲主家还有另外一只猫杰利（它的真实姓名是耶罗波安），体型巨大，而且更加年轻，他们也不想再将它留下来，于是我替学校招募了它，作为医院的固定献血猫。

当我带着两只猫回到家里的时候，我的丈夫曾一度有些担心，但其实只有史酷比最终留下和我们一起生活。

我们必须给它取个新名字才行，绝对不可以继续叫它史酷比了！于是我和它一同坐在地板上翻着一本介绍威士忌的书。身为一个苏格兰人，我家所有猫的名字都会对应一种麦芽威士忌的名称。我提议格林洛奇，可是它不喜欢，于是我换了慕赫这个名字，它终于接受了。当我称呼它的新名字时，它立刻就给了我回应，甚至当我平日里叫它“慕斯”这个简称时也是一样。

两个星期以后，我曾想测试它对“史酷比”这个名字的反应，结果它只冷冷地投过来一束目光，大概是想看看我有没有带脑子而已。

其实慕赫一点儿也不冷漠孤傲，每天晚上它都要与我同眠，卧在我的身旁，甚至我的丈夫弗兰克都戏称它为“我的泰迪猫”，我的“长绒玩具猫”。

缅因猫这个品种非常需要与人沟通，需要身边的人类时常轻柔地抚摸。每当慕斯将它的小爪子搭在我的肩头，盯着我的大眼睛慢慢闭上的时候，我是那样难以抵御。慕斯真的是我生命中的挚爱！它也会和我一起去工作，就像以前卡都做过的那样。而现

在的我因为背部的病痛，已经不能再将它举起来给大家做展示了，因此我总爱坐在地上，而它会过来和我亲热一下，同时将小爪子放在我的肩膀上，用自己的头轻轻地蹭着我的额头。

2012 年，我参加完 ISFM（国际猫科医学协会）在巴塞罗那举办的会议回来后，健康状况逐渐恶化，不得不中断 6 个月的工作。整个世界变得颠倒过来，慕斯似乎成了负责照顾我的小护士，并且一步也不愿离开我的身旁。

现在的我已经恢复了一部分的工作，而它，完全就是检验病痛的专家。每当到了晚上，我从办公室或是参加完会议回到家后，即使我什么都不说，它总是能准确地知道我疼痛的程度。每当我躺下休息的时候，它都围在我的身边，紧紧贴着我。它在用自己的方法告诉我："我在这里，别担心。"

它今年已经 12 岁了，有一个髋关节发育不良，还伴有髌骨脱位和骨关节炎的毛病。这么多年来，它总是乖乖地坚持吃药。

一旦它消失了，那将是……

这些巨大的虎斑猫卷起的流苏般的尾巴不仅缠绕着它们的腰部，更像是绕进了我们的内心。

陪伴一只衰老的猫度过它最后的生活，与突然间失去一只患有猫传染性腹膜炎的正当年的猫完全不一样，我曾写过这样的课题论文。

与老龄猫的主人接触越频繁，我越是理解和钦佩他们，也就越乐于与我的猫病人们相处。对猫咪老年病的治疗就像是一场无止境的战斗，需要我们更加了解和适应它们身患的多种病症。当它们逐渐老去，它们需要我们更多的陪伴和更深的爱。

我们的问卷调查显示，虽然饲主们反映在日常生活中和高龄猫相处存在着种种不便和问题，但当我们问及此时你们对猫咪的感情是较以前有所增加还是减少时，高达 95% 的人选择了增加！

即使它们的尖叫声会在半夜搅扰到我们的睡眠，它们会在猫砂盆外小便，但它们仍然是我们全身心爱着的“虎斑男孩”。

取材自

达尼埃尔·甘莫尔

爱丁堡大学猫科医学教授

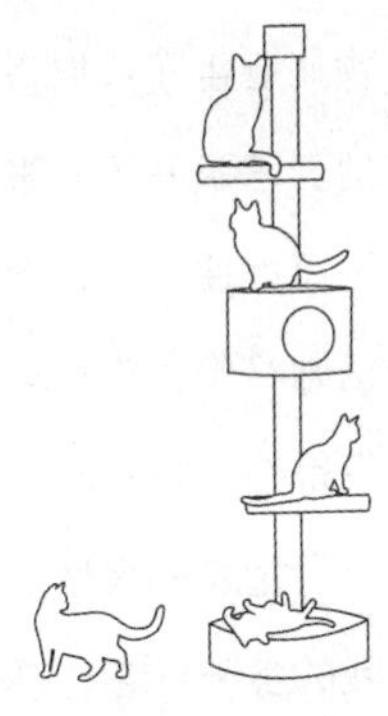

捣蛋小姐

诊所的女王，我真正的小幸福

“生活中从来有惊喜，只会有礼物。”塞尔日·雷贾尼曾这样唱过。捣蛋小姐陪伴玛丽度过了过去的13年，是独一无二的猫咪守护天使。它跟在她的身后，相比玛丽的影子，它更了解玛丽。

捣蛋小姐是在2001年夏天一个晴朗的早晨闯入我的生活的。这里的“闯入”就是其字面意义。它那时只是一个几百克重的小毛球，毛发乱蓬蓬的，看起来一团糟。它的身体不受控制地栽进了小狗的饭盆里……

经过了几天的精心护理，我还是没在它身上找到饲主的任何标记，看起来，这个小东西是要和我们在一起生活一段时间了。时间慢慢推移，它的身体状况也有所改善，而它的性格魅力也逐渐开始展现。仅仅几个月之后，一个新的吉祥物就诞生了：捣蛋小姐将整个诊所收入它的麾下，成为它的新领地。它张开了一张大网完全地捕获了我。毫不夸张地说，它投下诱饵捉住了我，然后彻底地吸引了我，这一切做得不露痕迹而又精妙绝伦，只有它才能做到。它并没有任何的狡诈和欺骗，有的只是想要在一起的决心。它总是会出现在意想不到的地方：当我怀里抱着一大堆的药品出现时，它会候在门后寻找好的时机蹦到我的身上；它会卧在打印机上扯出正在打印的纸张；将小脑袋和小爪子凑在水龙头下浸湿以便在我散放在各处的文件上留下签名；一屁股坐在门口接待处的刷卡机终端上；或是在我眼前无所畏惧地抓烂诊所的座椅……甚至，它还喜爱将自己藏在我诊室的壁橱里，等待着一个最不合适的时间推开门跳出来。

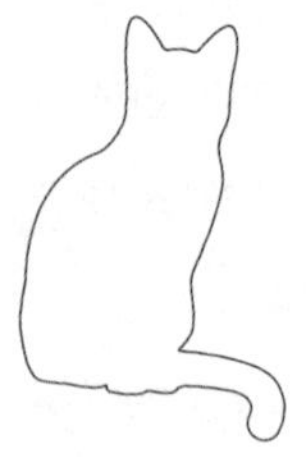

然而，抛开这些小恶作剧不谈，它总是陪在我的身边。当然，除了它想要享受舒适的午睡的时候。人们以为它是在监督着我，但其实它是在关心我。其实我们之间有规则，也有习惯。每天早晨，无论我几点到达诊所，它都坐在门口的接待台上静静地等着我。它会先愉快地咕咕几声招呼着我，然后冲过来趴在我的腿上。当我问诊的时候，有些猫会因为恐慌而表现出攻击性，并且发出极度不友好的咆哮，这时它就会猛冲到门边焦急地抓挠着门板，如果碰巧那扇门是开着的，它就会扑向那只不太平静的猫以保护我。它带给我许多欢乐，是我真正的小幸福。

捣蛋小姐并不是小公主，而是女王。即使它的眼睛有一些小毛病，使它看上去并没有多漂亮，而且它还稍稍有些胖，行动也没那么优雅，但它绝对是这家诊所的女王。它是一个很像人类的存在，有着极其丰富多彩的个性。它像是一个酒吧老板娘，我们更应该给予它克洛德夫人之类的称呼，它面对它的臣民拥有绝对的权力。

这只我那么喜欢的猫，有一天它决定放下所有的荣耀，放弃自己的统治，卸下全部的骄傲，渴望着得到最终的休息。13 年的执政已经很了不起了，即使我们的总统也没法做得像她那样长久，不是吗！我永远也不会忘记它，永远不会。

玛丽·艾雷尔

猫科医生

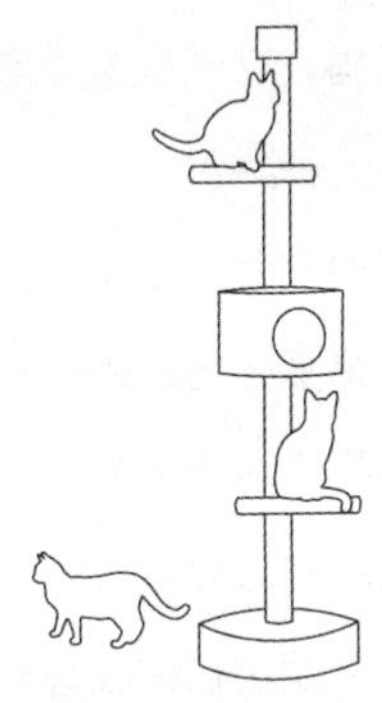

马麦

迈阿密海滩的好朋友

海伦娜的家门永远为猫儿们敞开着，无论是街上的猫，还是沙滩上的猫，但是只有一只能让她心动——马麦，一只全黑的猫，一只能读懂人类思想的猫。

在1940年的时候，迈阿密海滩并不像现今那样光鲜，那里被鼠类困扰，于是人们将很多专门捕鼠的猫带到这里。它们可比那些狗兄弟更有效率，而且很爱与人亲近。它们不仅是优秀的猎手，同时还很擅长交际，喜爱跳上汽车享受人们的爱抚。于是它们在这片土地扎了根，以至于时至今日，它们已经建立了一个真正的殖民王国。然而，为了保护它们，尽管人们多年来从未间断对它们的救助和绝育行动，但是它们的预期寿命还是太短了。

尤其不幸的是，这里的猫就如同法国的刺猬一样，常常会遭遇过往汽车的碾压。米奇，我最早饲养的一只猫，它就是这样离去的。在它死后，我难过得像世界都已坍塌了一般。

猫妈妈玛玛齐拉跑过来安慰伤心的我，同时向我展示了它那圆圆的肚子。它小心谨慎地在我家门前的木楼梯下生出新的一窝小猫。我差不多可以说是目睹了整个生产的过程，新出生的小奶猫很快就跑过来看我，而且还一窝蜂地往我的膝盖上爬。我的邻居并不喜欢这 5 只小猫。我想尽快收养它们，帮助它们摆脱居无定所的生活。我把其中的两只送给了隔壁的古巴裔女邻居，自己留下了 3 只全黑的小猫：苏利比亚卡、卡利姆和马麦。

在俄国，我们常常将猫称作“马麦可汗”，他是中世纪金帐汗国的一位埃米尔。

我之所以只收养了黑色的猫，是因为在美国，尤其是佛罗里达州，它们被人们视为不幸的象征，甚至连动物庇护所在万圣节期间都会拒绝人们领养这种颜色的猫。这些黑猫还有可能会被人们用极其可怕的方式利用。

我收养了这3只还未曾断奶的小猫，而它们的母亲玛玛齐拉早已离开，去享受自由自在的生活了。它们3只能紧紧地依靠着我，尤其是马麦，它总能让我回想起之前的米奇。

我并不是什么信徒，也不相信“存在一个会惩罚那些不遵奉习俗之人的上帝”这种说法。但是我愿意相信我的小猫米奇是来自天上的神或是守护天使，甚至可能是心怀怜悯的神佛派来的使节。我熟知阿兹特克人的文化，他们在尊重众生方面要远远领先于其他文明：他们曾建立起了一座真正的动物园，并且聘用了300人为动物们的健康提供服务。他们有一句谚语是这样说的：“不要欺负你的狗，不然你可能会去不了天堂。”因为阿兹特克人的天堂守护者就是一只狗！

在我所有的猫中，马麦是第一只和我真正心灵相通的。我不是说我们只需只言片语就能互相理解，而是说我们之间甚至连只言片语都不需要，只需一个眼神，就像一道电波，我们就理解对方了。每次我需要带它去看兽医时，都要避免去想这件事，否则它立刻就能知道我的计划！同样，每当它生病而我需要喂它吃药的时候，我也要强迫自己不要有任何相关的思考，以防止它逃之夭夭。因此每次为它准备药品的时候，我都会在脑子里低声吟唱以驱走治疗它的想法。

马麦是真正的沟通专家，它用自己独特的方式要求我为它开门，或是喂它食物。当我外出工作离家几个星期后回来时，它总是按照一贯的做法，先是对我板着脸，几分钟后才开始流露自己真正的感情，它会开心地冲到树上，然后再猛冲下来，用这种热情的方式庆祝着我的归来。

在它做了绝育手术之后，它终于拿到了“无敌神猫”的排名，因为这时它已经是这个家里，甚至整个社区里最大的一只猫。当我独自一人过情人节的时候，它会出现并且抚慰我，以至于我都要改称它为我的“瓦伦丁”了。

坦率地说，在我最脆弱的时刻，是马麦为我的生活注入了新的希望。能够被别人理解，甚至无须开口，这种感觉真的很棒……马麦虽然只是一只猫，但它给予了我很多东西。

它是同伴，是挚友，可它同时也是一只猫，有着自己的脾气和缺点，尤其是它那可怕的占有欲和嫉妒心。它并不是一只很有礼貌的小猫，当它饿了的时候，它会蛮横强硬地索要东西吃，不论何时何地！这是它找到的将我重新拉回现实的完美方法。

后来我又收养了两只缅因猫迪迪和路路，它们是被美国一家宠物“繁殖农场”遗弃的，我请求一位邻居将它们送到我家。这样做是为了照顾家里已有的猫居民们的情绪，因为我可以假装说:

“我什么都没有做，它们是邻居送来的。”这是应对猫科东西的心理学小技巧。

当邻居带着新来的小猫出现在门口的时候，马麦愤怒地越过窗户冲了出去。我立刻抓紧时间给它们准备食物，欢迎它们，同时抚摸它们，顺便等着马麦回来……就像戏剧里演的那样，我突然觉察到它其实早已从另一面窗户翻了回来，冷静地在背后观察着我。它完全没有上钩!

当然，我之所以把它的占有欲和嫉妒心当作是对我严峻的考验，是因为我同时收养了其他的猫。例如沫沫，它曾经是救助所里的小霸王，来到这里它很快就意识到，要想在我家里快乐地生活，就必须和马麦友好相处。

我经常会情不自禁地去抚摸街上或是海滩上遇到的陌生的猫，还有那些自己来到我家花园的猫。我还注意到在迈阿密的海滩上还有一些喜爱同性的猫——很容易就能辨认出它们来，因为它们从不对母猫感兴趣，反而更喜欢亲近公猫，而不是和公猫打架，特别是它们不会到处留下尿渍，这改变了它们固有的属性，使得它们的体型更娇小。它们是最理想的猫，因为不会乱尿！就像灰猫格里森，它是一只爱捕捉松鸦的同性恋猫，它曾有很长一段时间在我们的房子周围出没，有一天它突然走了进来并且决定就此定居下来，结束 12 年的流浪生涯，这一切就发生在马麦的眼皮底下，它竟然都容忍了。

马麦让我学会了像它和它在迈阿密海滩的伙伴们一样只说真话，我们说着各种语言，即使不用翻译也能交流。它是我的宝贝，那么小，我用一只手就能掂起来。它是我的挚友，永远是我在这迈阿密海滩最坚强的伙伴。

取材自

海伦娜・索罗德基 - 王

翻译

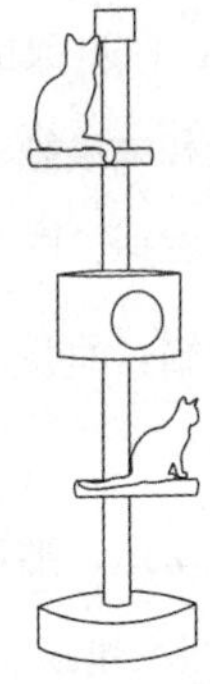

尼芙缇和伊一

让救助中心的所有猫咪都找到自己的家

我可以做一个对猫毛过敏的皮肤科教授吗？在对猫的爱面前，没有不能解决的难题！

我一直在为猫这个群体工作，尤其是那些生活在动物救助中心的猫。从 1990 年开始，我身上出现的各种症状并没有立刻引起我的重视，但随着时间的推移，它们愈发严重了。

我的工作就是负责那些猫咪的健康；我自己的健康固然很重要，但我总是将它排在工作之后。因此，像许多爱猫人士一样，我一开始也以为自己只是对家用洗涤剂或是其他化学产品过敏，直到后来，我终于认识到自己患有猫过敏症。由于我职业的特殊性，这个问题变得尤为复杂，即使我回到没有猫的实验室里，在我们提取的生物学样本中或者在我自己的研究工作中，猫毛仍无处不在。

在我丈夫接受骨髓移植手术的时候，我花了 90 天的时间把自己和猫隔离开来，这回我不得不承认，避免和猫接触对我的病症有着积极的疗效。我的过敏学医生觉得我很有趣，因为通常他的病人都爱指责使他们过敏甚至发展成哮喘的猫，而我却一直试图为它们开脱。

在我的这个大不幸中，还是有一丝小小的幸运，那就是我的症状只出现在了眼睛和皮肤上，而没有引发呼吸系统疾病。因此，我只需要使用局部消炎药控制过敏反应，平日里小心谨慎一点，在每次出诊后或是接触了住院猫之后立刻换掉衣服就行。

我的第一只猫非常讨厌我，那时我只有 4 岁！它是我妈妈养的猫，名字叫尼芙缇，是一只不太典型的暹罗猫。我称呼它为“恶魔”，它总是不断地威胁恐吓我。它并不仅仅是想要吓退我，因为它不仅用爪子抓我，还咬我！

事实上，并不是哪一只特殊的猫撼动了我的生活，而是两件相关的事情彻底改变了我，也改变了它们。

第一件就是疾病，是猫癣。它是救助中心的小猫们被收养的一大阻碍。其实猫癣只是一种反应在皮肤上的疾病，并不会传染，而且目前我们已经掌握了治疗它的方法。猫本身并不是病原，所以人们应该停止指责它们。要知道这并不是一种可耻的疾病，一只治愈了猫癣的猫也是完全适合收养的。

当我遇到了动物保护组织和猫收容所的负责人时，我的人生出现了转折点。他们是一群务实的人，会对实际情况进行考察，将之研究清楚，提出问题，最后才做出决定。

我是在参加一个会议的时候才意识到，当时的科学界并没有人真正地研究猫癣问题。当我讶异地问道："难道……真的没有人在乎吗？"一名兽医举起了手中的一只年幼的小猫，回答道："它，它在乎！而且这对我们很重要！"

为了他手中的这只小猫，为了所有在救助中心感染猫癣的猫儿们，我开始对这种疾病表现出了极大的兴趣。

在遇到猫癣这种疾病后，我的生活迎来了彻底的改变。那样弱小的小猫竟然承担着这世界上所有的不幸。

我们实验室有一个工作原则，那就是在研究结束之后，要帮所有参与了研究的猫找到合适的领养家庭。但是我也不记得是什么原因，那只棕白两色的大公猫一直没人领养，这完全出乎我们的意料。最后我对它说："你来我家吧，我不能丢下你！"当我们一起回到家的时候，我的丈夫很是生气……接着态度就软了下来，妥协了。我们为它起名叫伊一。

在我丈夫接受化疗期间，我们不得已将它委托给寄养家庭照顾。当我再去接它的时候，它对我说："在你家里，我是伊一，但是你看，在这里只有我一个，我已经变成了伊唯一。你虽然很好，但是这位老太太在过去的整整 90 天内一直陪伴着我，她比你还要好。所以……如果你同意，我选择和她生活在一起！"

猫就是这样的！从此以后，伊唯一就留在了这位可爱的老太太家里。

这就是为什么我再次期待一只新猫的到来，特别是当我找到了一个很好的免疫治疗方案后。

我并不会为此担心，因为兽医从不会主动寻找一只猫，我们知道，猫咪最终会来找我们！

取材自
卡伦·莫赫勒罗
兽医，威斯康星大学皮肤科教授

加菲猫

我青春期的密友

和猫一起长大会经历一些非常美好的时刻，但也总会经历那么一些差劲儿的时光，特别是当疾病毫无征兆地去垮它时，就将变成一场异常漫长的噩梦。

我第一次养猫就是一段充满痛苦的经历。那时我们的邻居要送走他们家中的一只猫，因为他们无法继续将它留在家里。当我的家人同意收养它时我高兴坏了，但是拿破仑在我家里只待了5天。就在它短暂停留的这几天里，我的母亲出现了过敏的症状，可是开心的我却完全没有注意到这些。最后，父母亲只好将它委托给别人。当然，那是他们当时必须做出的选择，而且最终也帮它找到了一个非常幸福的家庭。作为一个只有12岁的孩子，我却不会用这样的角度看待问题。现在想想，当时我对母亲的要求确实对她不太公平。

她还是希望能拥有一只猫的。随后的几个月里，在我看不到的背后，她对猫过敏的病症进行了大量的研究。圣诞节前不久，她装作什么事都没有的样子离开了家，就好像只是像往常一样出去逛逛街而已。当她回来的时候带着加菲，一只短腿英国短毛蓝猫，它长着一张胖乎乎的脸，有着漂亮的毛色和一双美丽的眼睛。它陪伴我们度过了之后将近 10 年的时光。

然而，之前的经历让我对眼前发生的一切采取了不信任的态度，甚至对加菲产生了反感的情绪。“难道它会长久地和我们待在一起吗？”我问出这样的话时，心里带着点不屑和不安。在第一个星期里，它在玩耍的时候曾抓过我，也咬过我，因此我得出了它并不喜欢我的结论。然而，这最初的种种交恶渐渐随着时间消逝殆尽了。

我们共同生活的十几年里，加菲从未被我们看作是一只宠物，而是这个家庭的一员。就连圣诞节，我也要为它准备礼物，否则我会觉得愧疚。它会和我们一起去度假，即使是那些禁止携带宠物的地方，我们也不会丢下它。我记得特别清楚，那时我们为了能和它一起在西班牙逗留，专门寄了一封信为我们“小小的”小猫申请破例。它甚至被允许和我们一起分享美食。

在一次宴会上，我站起来走进厨房，加菲淡定地坐在了我的位置，还解决掉了我的那盘加了俄式酸黄瓜的土豆沙拉，而我那偶尔会走神的丈夫，竟然完全没有注意到身旁的变化……

如同人类一样，它也有着各种怪癖、需求和品位，而曾经发生过的“猕猴桃门”事件恰好是一个佐证。因为我们给了它一个葡萄柚来代替它最爱的猕猴桃，它用愤怒的表情表达了自己的全部感受。对于猫食，它有自己强硬的坚持：碗里的猫粮必须是脆的，不能放太长时间，也不能太过细碎，并且绝对不能更换品牌！曾有一次，我们遗憾没有买到正确的猫粮，它在自己的碗前踌躇了 3 个小时，却最终碰也没碰。这就是一场斯大林格勒保卫战！它是谈判桌上的天才，最终我的丈夫不得不在当天晚上出去为它买喜爱的猫粮。

它的需求不仅仅体现在饮食上，对于艺术也是一样，虽然自由爵士乐令它想要逃跑，而每当猫王的《永远在我心中》（***Always on my mind***）响起的时候，它总会自觉贴在音箱旁边。

除此之外，加菲似乎还染上了与人类相同的手机瘾：一天晚上，趁我去另外一个房间的时候，它摁住了我手机上的按键并成功地呼叫了某个人。加菲猫 2.0。

它是那样迷人，这个不到 4 千克的小生命拥有着强大的信念，甚至还有移山的决心。猫总是清楚地知道自己想要些什么，在不知不觉之间，它们带给了我们欢乐，也改变了我们。特别是加菲改变了我父亲对猫的看法，而他本人却对此毫无觉察。当他还是个孩子的时候，从没养过任何宠物，以至于他总是习惯性地和它们保持距离。今日的他确实是对它们最沉迷的那个！根据他的说法，无论发生什么事，它们总是波澜不惊地陪伴在你身边。它们有着无与伦比的洞察力，也是善良仁慈的小生物。人们常常说，和狗相比，猫看起来更独立，而且不太重视和主人之间的感情。在我看来这是一个非常草率的结论，其实猫只是不喜爱过度表达自己的感情，它们的表现更多是出于羞怯而不是冷漠。每当我看到一只猫明明想要得到更多的关注，却努力地想要隐藏自己真实意图的时候，总会觉得它们滑稽又可爱。

生活也留下了关于疾病的回忆，这使得我们和它的关系更加紧密，但也使得结局更让人心碎。

它的病从一开始就出现了。当我的母亲去参观那个猫展的时候，加菲的姐姐曾对着它的脸打了一个喷嚏。就在加菲即将动身来到我们家的前几天，它姐姐这个亲切的“关怀”见到了效果。它迅速地染上了同它姐姐一样的鼻炎，并且终身深受其害。在我们带它回家的那天，饲养员并没有对我们做任何交代。后来，当我母亲亲自上门指责他的时候，他只是建议我们另换一只猫，就好像是在Fnac买了一台电视机后提供的售后更换服务。真是令人无法接受！

在加菲生命的最后时刻，它被确诊患上了淋巴瘤，它仍很有尊严地与疾病痛苦抗争。看着它的病情一点点恶化，尤其是它的身体越来越弱，对它对我们都是非常艰难的时刻。

我最后悔的事就是它在接受身体检查期间不得不忍受医院里的各种强制措施，就是在那里它被确诊患上了绝症。那时，他们甚至剃光了它腿上的毛（为了方便安置导尿管）。剃掉的毛却再也没有长回来。猫是非常值得尊重的动物，它们爱干净，十分重视自己的外表，在医院的那些遭遇为它带来了难以忍受的痛苦。我多么希望它曾接受的那些治疗能更重视这些细节。我也希望医学界能够更关注在这种情景下的心理学研究，以帮助我们更好地了解它们的经历和感觉。

在身患譬如免疫系统癌症之类重病的情况下，动物可能会出现感官失调，或是身体机能的退化等，我们考量它们的生活质量是非常必要的。当一个人身患重病，身处生命的终点时，他可能仍然能够阅读，欣赏电影，和亲友交流……做很多事情。但是对于动物来说，它们很快就会被疾病彻底地困住。我很遗憾至今世界上并不存在一个客观的标准来衡量动物的生活质量，以帮助主人决定是否应该继续还是放弃治疗。鉴于和动物直接对话的可能性并不存在，因此，如果可以借助外界相对客观的考量，或许能有些帮助。

我们一直相信它最终会痊愈，然而到了它最后的时刻，我们才不得不接受现实。我们经常会在半夜爬起来为它准备食物，或是帮助它喝水，带它去上厕所。我的母亲和我互相鼓励着坚持下去。它的病情若是有小小的改善，都能给我们带来极大的希望。我们无法下定决心停止对它的治疗，可是它自己却比我们更早地做好了准备。我想，它在死之前应该是如释重负并且对我们心怀感激的。

加菲彻底改变了我对疾病的看法。这段经历对我来说是个教

训，使我在面对疾病的时候不再像以前那样坚定。因为，我们永远也不会知道什么是最好的选择！

人们常说再美丽的事物看久了也会渐渐变成习惯，日常的生活使一切都归于平淡。但是我不同意这种说法。我们的加菲长着优雅的小胡子，和它相处的每一天都让我惊叹它出众的美丽。它是只优秀的猫，亲切，友好，从未有性格障碍。它是与众不同的一只猫。

菲利普·斯利瓦和他的母亲

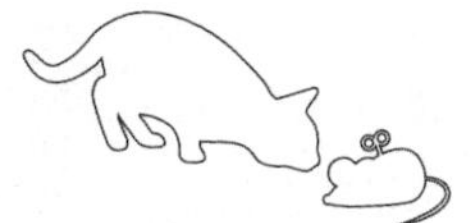

奥尼尔

家族的祖先

在最开始饲养猫的时候，总会有那个“第一只”，它是我们耐心建立起来的系谱树的根基，而奥尼尔正是在这颗树上留下了它不可磨灭的爪印。

奥尼尔，它是我心头的“小奶油”，是我饲养的所有猫中最优秀的一只，是它格式化了我所养的猫的血统。用术语来讲，奥尼尔是我饲养的第五代猫中的第二只：它的父亲同时也是它的祖父。我明白，饲主有时候看到小猫的族谱也会觉得头痛。但这就是猫！那些在野外的猫都做过些什么，它们更不会告诉我们。

它的饲养员将它从比利时的列日地区带给了我。它确实有着与众不同的性格。从它来到的第一天开始，它就坚持要收获一个拥抱后才肯吃饭：每天清晨它从厨房醒过来的时候，都会先跳进我的臂弯里，与我亲热一番再吃早餐！它将这个仪式教给了自己所有的后代——它们恪守着这项家族传统——这是我每天最大的幸福。

我带着奥尼尔四处奔波，而它总是能自如应对。我记得只有一次，它对一名裁判不是很友好，但是它其实很喜爱周围的人们和伙伴。没有什么比在展览会的人流中看到朋友们的到来更让它欣喜的了。

最重要的是，它非常喜欢小猫。它在8岁的时候还生育了最后一胎，对它而言，这似乎是最大的幸福。当它以轻松自在的态度将小猫们带来这个世界更是证明了这一切。奥尼尔是一个伟大的妈妈，它的一生总共生出了24只小宝宝，有超过59名后代。

它的最后一次生产有些辛苦，是时候考虑它的退休事宜了，这对于母猫以及它的饲主而言是一个特殊的时刻。因此我带它去做了绝育手术，并且希望能将它继续留在家里。可是很明显它并不这样想，在它正式退休后，它表现出不愿再和我住在一起的意愿，甚至不想见自己的后代。我很快就明白过来，它的工作为它带来了很多的快乐，但现在结束了。

随后它袭击了比它小3岁的妹妹。蒂亚也是一只很特别的猫，它很早以前就明白我在难过的时候就会哭，因此每次见到我哭时总会立即献上一个热情的拥抱。接着奥尼尔又袭击了我留在家里的它的一个女儿，以防我还搞不清楚它的真实想法！

当一只猫告知你它打算离开的时候，我们只能向它屈服，并且给予它自由，当然也要为它安排妥当。我们从不会为猫去制定什么职业规划，这是由它们自己决定的，它们说的话才算数！尤其是那些母猫们！因此我建议为它寻找一个新家……它同意了。

我曾在自己的遗愿里表明，一旦不幸的事情发生在我的身上，我也愿意结束它的生命，因为我们曾是那样不可分离。我以为它离开了我就等于离开了所有的幸福和快乐，但事实并非如此，它不仅仅证明了我的错误，甚至狠狠地为我上了一课！奥尼尔在我朋友家安享着平静的退休生活，在那里它和它的新主人也建立了令人惊叹的、难分难舍的深厚感情。奥尼尔似乎深受独生女综合征的影响，总是会特别强调“自己”，对感情有着强大的独占欲。而在它的新生活中，它变身为全家唯一的小公主，这一点令它特别满足。我再见到它时，我们之间只剩下生硬的早安－晚安关系了，好像我们从未住在一起过……

至于它，它已找到自己纯粹的幸福，本来猫就不是喜爱群居或组对生活的动物，或者至少现在它获得了很大的活动空间，这点我们之前并不能满足它。有一些母猫很喜欢小猫，在身体条件仍然允许它们生育的时候，却受到了来自人类的重挫，结果……真的难以形容！猫是那么独立、敏感的生物，我们不能掌控它们的生育权，而是需要尊重它们自己的心意，这才是症结所在。在繁育的问题上，我们应学会倾听猫们的计划和意愿。

奥尼尔的退休伤了我的心，这是我第一次和一只猫决裂，即使这么做是出于一个好理由：这个新家为它提供的平静而又写意的退休生活，它受之无愧。我本应觉得沮丧，但事实并非如此。当然首先，我还有很多事情要做，有很多其他的猫需要……“鞭策”。但是最重要的是，即使我们之间曾有过疯狂的迷恋，曾经那样难舍难分，但是看到它离开我也能生活得很好，我也感到些许的安慰。

奥尼尔使我明白了很多事情，这和我们在学校里学到的东西完全不一样。它唤醒了我的意识，让我注意到了以前从未有过疑虑的领域：再亲密的关系也会心平气和地结束，不管是对人还是对猫；再深厚的感情，也很难持续终生不变；不论是在一起还是最终分离，都请幸福地生活。我们要学会尊重与我们完全不同的生活方式，这是关于宽容的一个重大教训。我们还有很多需要向猫学习……

取材自
阿丽丝·布里森
阿比西尼亚猫饲养者

国际关爱猫协会

猫，一个独立的病人

琼·贾德和我都出生于1915年，为了我们共同的热情——猫，我们奉献了自己的一生，以期改善它们的生活，帮助它们更健康。

我出生在新西兰，我的父母是1919年抵达英国的。他们曾经在格洛斯特郡的乡下饲养马儿和小狗，而我也在那里度过了自己的少年时代，并一直待了下来。

那时猫被视为有害动物，人们只是利用它们为谷仓灭鼠而已。幸运的是，我的父母还有祖父母并不是这样认为的。在我家里，小虎斑猫总是爱爬到我的床上，而它也会得到我热情的欢迎。但是除了小猫在谷仓和麦田里玩耍的那些欢乐又感人的情景之外，我还记得很多可怕的场面：它们被残忍地屠杀，头被扭下来，弱小的身体被那些无耻的人抛到屋顶上……甚至在那个年代，相比把它们溺死在水桶中，人们认为这种做法更为人性化。

大概就是从那时开始，我想去照顾它们，并且立志要成为一名兽医，但这个梦想在 1929 年的经济危机中被彻底击碎了。

命运和我开了一个玩笑，它让我用其他的方式去做好事，为猫提供帮助。

我最早的两只暹罗小猫，是我丈夫送给我的礼物，它们深深吸引了我，甚至驱使我成为一名猫舍饲养员。

我总是贪婪地摄取着知识，以及那些可以付诸实践的科学信息，并将它们和我的同事们分享。在 20 世纪 40 年代和 50 年代，我们很缺乏关于猫科疾病的信息以及应该采取的治疗方案。那时我们确实是兽医学里最不受重视的部分。试想一下，我们甚至没有任何专门为猫研制出的药物可以使用。什么都没有的我们怎么能治疗它们?

于是我开始主动联系科学家们，还为猫饲养员们组织了一些会议。直到 1958 年，我创办了养猫咨询局（FAB: Feline Advisory Bureau），它是一个“致力于更好地了解猫和我们能为猫提供的治疗方法，以促进它们的健康和福祉的慈善机构”。

从20世纪60年代开始，养猫咨询局开始负责对猫科传染病（特别是在布里斯托尔）的兽医学研究。

这一路走来并不都是风平浪静的，但是今天，我仍能自豪地为我这个最漂亮的宝贝庆祝它的50岁生日。养猫咨询局变身成为国际关爱猫协会（iCatCare），甚至在1996年特意开设了一个兽医学部门——国际猫科医学协会，成员们在全世界范围内的活跃使我感到欣慰。

无论我在哪里，都可以读到他们在网上的各种讨论信息，我也看到了所有的爱猫人士是如何用尽一切办法让世人“更好地理解猫，更好地照顾猫和更好地去爱猫”的。

继续下去，猫儿们需要你们！

以此文纪念
琼·贾德
饲养员

一个猫病人

灵魂离去之时

生物学并不是一门精密的科学，当事故发生的时候，特别是在外科手术期间，这名兽医之后的人生轨迹很可能会发生改变。我永远不会忘记那只在我无力的手底下停止心跳的猫……

那年我26岁，作为一个兽医新手，我很高兴能成为问诊医生，因为我最终实现了儿时的梦想。我对不同的兽医部门都有一定了解后，开始固定为一间诊所工作。

当然，在兽医学校里，老师讲到过一点麻醉意外，但在这方面，我们都未做过任何准备。然后，这个不幸的事件就发生了，所有的现实都与我当时立志从事这个行业的原因背道而驰。

当这件事发生在我身上时，我记得最清楚的，就是那奔涌而来的感情。即使我很清楚自己已经无能为力，并且对这件事不负任何责任，但我面对这只在进行绝育手术时心脏停止跳动的小猫时，仍感觉到无限的悲痛，并且不愿离开它身边……

就在那个时刻，所有促使我成为一名兽医的因素和我的真实经历之间产生了巨大的差距。即使我并没有任何的失误，也没有人相信，这是一个异常孤独的时刻。我不仅仅承受着刚刚发生的悲剧的痛苦，更承受着将这件事告知它主人的压力……

那天接下来发生的一切都很糟糕，而我完全可以理解猫咪主人的愤怒。

事实上，那天早上我并没有见到他们——按照这家诊所的程序，临床助理被授权接待和应付客人。这场手术是我的老板亲自同他们定下的，但很明显他并没有告知猫主人他在手术当天的缺席，因为他要去参加一项职业培训。当我发现这只小猫已经抢救不回来的时候，曾立刻去寻找猫主人的联系方式，可是档案里并

没有列入任何手机号码。此外我希望能当面告知他，而不是在电话答录机里留下一段冷冰冰的话，这样太过残忍。当天晚上，猫主人的妻子过来领猫回家的时候，还一无所知。

助理在一旁不停询问："您来了？难道您不知道……"替她设身处地地想想，现实是那样的惊骇。

我不记得为什么那个时候我并没见到她。可能是因为她来得太晚了，那个时刻我已经离开了诊所？不管怎样，当我第一次见到猫主人的时候，已经身处兽医协会理事会的惩戒室里。

由于猫主人的投诉，距离这场导致小猫意外身亡的麻醉事故整整一年后，我在协会出庭。

我的老板明显已经为当时的形势大伤脑筋，但是他不希望我也这样——该来的总是会来的，我当时并没有办法救活它，在行医生涯中，这样的医疗事故无法避免。

我们并没有准备去面对任何的手术和麻醉意外，也没去思考须承担的法律后果。

对事件的调查细致周到地展开了，我感受到了整个程序的无情，即使我的顾问曾特别注意不给我的伤痕再添新的压力，但这一切还是使我开始动摇。我是那么年轻，带着满脑袋的梦想终于能够对自己说：“我在这里，我在行医。”终于读完了为职业生涯所准备和练习的学校，结果却站在了法庭之上……这令我难以接受，即使这只是整个系统中的一个正常环节。随着客户（我完全理解他们的愤怒和悲伤）的投诉而启动的每一步程序都只会使这种感觉更加强烈。

因为，在众多从业者中，从没有人谈论过自己的失败，也没有人吹嘘过这样悲剧的经历，这让我认为，这样的事仅在我的身上发生过。

我的顾问跟我讲了一番让我心里舒服很多的话：“这样的事情别人也会遇到……”。

在惩戒室出庭的那天，我的老板并没有出席，我甚至没觉得意外。在他看来，这只是保险领域的纠纷，很容易解决。我独自一人现了身，面对顾问和猫主人，详细解释了事情发生的经过、我所做的努力以及看着它离去的无力感。

我也不能说就是这只年轻的猫的离去，促使我最终放弃了想要行医的愿望。在我就读兽医科的第一年，曾被告知说我们所有人中只能有不到一半最终有资格行医。那时我笑了，同时暗暗告诉自己，我绝不属于不在兽医诊所工作的那一半人。我并没有对

自己说“我不干了”，而且继续在不间断地做各种练习。但是从那一刻起，在不知不觉之中，我也开始接纳除了行医之外获得兽医文凭所有的可能性。

我一直对与药品有关的事情很有兴趣。一开始只是为了支持同伴，我接受了在兽医相关产业替工的请求，只是几个月而已。

首次之后，又有了再次，为我打开了兽医药学这个世界的大门。这时我意识到这才是我真正想要从事的工作，于是我留了下来。

这只年轻的小猫，它过早的死亡对我的影响很大，不仅为我点明了人生的道路，改变了我职业生涯的轨迹，同时为我展现了这个职业我所未知的一面。没有它的帮助，我不会这么早就认识到这一切，且最终找到自己的方向。

取材自
凯瑟琳
兽医

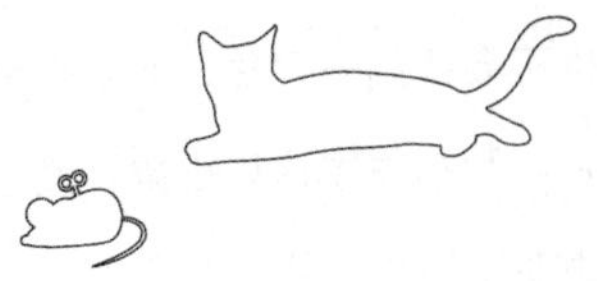

小霸王托托

我的替身

当一只猫成为你的替身，诉诸写作无疑是一个有用的逃避方式和治疗忧郁最棒的补救措施。

每一只曾陪伴过我的猫都极为重要，即使它们每一只的“功用”，如果我可以这么说的话，都千差万别：克莱奥，一只出身农场的长毛黑色小母猫，它唤醒了我那显而易见的喜好，打开了我想象的天线；小家伙，克莱奥的儿子，是个温柔的存在；而帕莎在被我祖母从巴黎的一个小院子里救出来之前，是一只命运不济的卡尔特猫，它总是热情地对待我，虽然它的愉悦明显多过深情。

时间慢慢流逝。在一个雾夜里，我被树林里传来的尖叫声惊扰，然后在那儿发现了一只只有3周大的黑白两色的小猫，它长着漂亮的白色爪子和蓝色的眼睛。

看着这只小猫，我突然忆起了自己之前的一个梦。在梦里，克莱奥对我说我永远也不会找到一只猫，而我正好在与现实一模一样的情境里找到了它。我抓住了这只小猫，而它并没有反抗，我瞬间就意识到幸福重新出现在了我的生活中。

每一只猫到来的时候我都曾有过强烈的感觉，但这一次，我感觉到在它出现的背后有着一股魔力，也许这只小猫将带给我全新的体验，后来的事情验证了我的感觉。因为它曾以那样奇怪的方式在披着薄雾的深夜里出现在树林里，我为它取了名字叫梅菲斯托（那个总是表现得很滑稽而又足智多谋，令人身心俱疲的小魔鬼），但是我们对它的称呼没多久就变成了小魔王托托，这个昵称伴随了它的整个生命！那只有着迷人的小蓝眼睛的猫最终长成了（谢谢你，野猫爸爸！）一只有着金色眼睛的巨型猫，它有着强大的力量。也许是因为它那使人安心的一面征服了我，也许是因为我以前的猫咪们为我开启了这样特殊的交流方式，我可以更直接地享受和托托之间独特的关系。我们之间不需要语言，只通过丰富的表现力就可以同频——只要我愿意（其实更多的是出于消遣）将眼睛和耳朵调整成和猫在同一波段即可。

我和托托之间的默契是令人难以置信的。我去哪里它都会跟着我，连睡觉的时候都会紧靠着我，同时不忘伸出它的一只大爪子，放在我的手心；它会分享我的食物，有时候当我在花园或是在房间里工作的时候，它会认真地看着我；它喜爱坐车出行；它还喜欢画家伯纳德•韦克吕斯。他曾用它做过模特，他还能证实托托曾玩弄我的电脑鼠标——这并不是它自己的创造！在客人面前，托托总是要来回兜上几圈。最经典的动作？要数我伸平手臂，托托跳上来，它会用两个前爪搭住我的前臂，保持自己悬空的状态，享受着被周围人崇拜的快感。

还有什么能比小猫那拐弯抹角的表达方式更有征服力的呢？我们也很清楚小猫是懂得根据我们的反应来决定自己行动的。而托托很早就会这样做了。这只永远感觉饥饿的小猫，总是哭闹着可怜兮兮地扒着我的牛仔裤，直到它确定我开始为它准备食物才停下。它的这种行为在我眼里相当滑稽，但是那些家庭主妇们可不会这样想，她们一点儿也不欣赏一只像蜘蛛一样用尖爪勾着丝袜往上爬的小猫！只要我们上桌吃饭，这只小猫就会低吼着扑过来，想尽办法抓住桌上它能够得到的一切食物。没有办法，我只能狠心在进餐时间将小托托锁在其他房间里，这时它就会用难以置信的高分贝大声地咆哮抗议。这样较量几次以后，我们身心俱疲，我终于下定决心在吃饭的时候给予托托更多的自由。它接下来会怎么做呢？它跳上桌子头的空椅子，然后精心挑选一个能让自己倚在桌边的位置，站在了椅子上。当它对某种食物有兴趣的时候，它会向我伸出一只探寻的小爪子，然后聪明地从我这里取走食物。因此，奶酪盘上桌就成为吸引家人和好奇客人们的最佳娱乐。只需要将盘子摆在它的面前，就能看到小猫抬起爪子，准确无误地伸向它最爱的山羊奶酪！终其一生，小魔王托托都和我们全家同桌吃饭，它从未试图跳上餐桌，但是能长期占据餐桌上的主位明显让它觉得很幸福……

爱交际的小魔王托托曾经有些奇妙的交往，而这都来自于它主动亲近别人的本能。曾有一段时间，我每个星期都要往返于巴黎和诺曼底之间。当我返回首都的时候，我都会穿过蒙帕纳斯小街走上一阵，再转上大道回家。在蒙帕纳斯小街的交通灯旁的人行道上，总是站着两位早已不再年轻的女士，顶着明亮的黄发，

在这个精心挑选的地点为她们那可疑的职业寻找着顾客。当看到我独自驾车为等红灯而停下的时候，她们立刻就投给我妖媚的笑容和充满暗示的眼神。而坐在乘客位上的托托却用自己的方式理解了这些讯息。通常，当它想让我帮它打开门和窗的时候，都会用掌心去来回蹭这些让它觉得是阻碍的表面：这传递出它明确的信息。而在那时，我的好托托用它的后腿直立起来，用它的前爪透过车窗玻璃为外面的人呈现了一场生动的表演：那两位女士立刻打消了她们的念头，窘迫的笑容中透出了母爱。托托交上了两个新朋友，而身旁的我在她们眼中从潜在的嫖客变成了小动物的好朋友！从此以后，每当我们从那里路过时，托托的两个崇拜者都过来看望她们的小猫并且愉快地和我打声招呼。还有什么比这更棒的呢？

只需要一小步的努力，就能给予托托说话的权利，而且它的表现力和行为特征都是那样与众不同，所以我毫不犹豫地就跨越了这段距离。对于将它拟人化的实践，我唯一的担心就是试图去

改变它，因为那会使猫的性格变得更加复杂。而在纸上和我共同表演两人喜剧的托托，在我的心里并不是什么小孩子，也不是某种假扮成猫的生物，它就是一只猫，一只贪婪地接受着文字的世界，终于能对它的人类同伴讲出心中所想的猫，即便最终，人们并不是很喜欢去倾听。

小魔王托托成了公众眼里会讲话的猫，当然，是通过关于它的 4 本对话体的书《猫的演讲！》（*Parole de chat!*）、《比我更像猫……》（*Plus chat que moi...*）、《托托的话》（*Les Mots de Toto*）、《人们叫我小魔王托托！》（*On m'appelle Toto la Terreur!*），还有一本小说《住在威尼斯的梅菲斯托》(*Méphisto vit toujours à Venise*)，以及为杂志《三千万朋友》(*30 millions d'amis*)所作的大量专栏文章。在生活中，我也会和它讲话，就像我习惯于和动物讲话一样。它用沉默来回答我，但是对我来说已是意味深长。托托已经成为我职业的替身，甚至在我的陪同下出席了我的（也是它的……）作品签售会。它在电视镜头前笨拙地接待摄影师和众媒体，收取无数的信件，它像明星般闪耀。但是对我来说，它仍是一只猫，一只能鼓励我、感动我、滑稽的、能给予我灵感的心爱的猫，一只当它同我生气时，会在我的书上撒尿的有一点坏脾气的猫。它还会去捉老鼠和小鸟来吓唬我，追逐它的女儿梅丽莎试图想要凌辱它（虽然它已经这么做过了！），和它的姐姐米奈特一同出去狩猎，在深夜里消失在树林之中，它的行为让我异常担忧。总之，它是一只散发着野性气息的真正的猫，却愿意陪伴我生活在院墙之内。我相信，正是我们所做的所有试图开启它的智慧和培养它的适应力的努力，最终帮助它成为一个优秀的伴侣。这里土壤本身就已经是非常肥沃的了，我利用了这里的一切，当然托托也是。所有猫的生活方式都是不一样的：米奈特，它的同胞姐姐，也是一只虎斑猫，却从不允许别人靠近它，而托托那个和它长得一模一样的女儿梅丽莎也是如此。在梅丽莎快 15 岁的时候，那是它消失的几天前，它突然主动跳上了我的膝盖。我当时惊呆了，生怕破坏这场美丽的梦。猫，真是一种有着惊人适应性的动物……

在我生命中最困难的那些时刻，是小魔王托托帮助我渡过难关的，它告诉我不要沉沦。面对着抑郁、悲伤，为了托托，我强迫自己不要倒下，我还要养活它，我必须要照顾它……也要照顾我自己。在托托 13 岁半的时候，它受到了癌症的猛烈攻击，它那时的年龄对于猫来说并不是很大，也许是它的生命的火焰太过炙热，以至于9条生命都已燃烧殆尽？当兽医做出诊断的时候，一切都已经太晚了，但是我们立刻就做出了共同的决定，要尽快结束。多年以后，我仍然不明白当年我是从何而来的勇气去独自面对这一切。我像是被闪电击中一般，在悲痛和恐惧面前也从未如此茫然无措。那一天，我的一个医生朋友打电话告诉我，他的一个病人家里有一只黑白双色有着白色爪子的小猫出生了。我询问了这个年轻姑娘的姓名，接着领养了柔弱的小奥斯卡，它就是托托生命的延续。生命就像是永不停止的车轮，尽管我很悲伤，但这种命运的巧合又带给我喜悦。奥斯卡，又被我称作琪琪，似乎完全是托托的对立面，它从未想过做出任何改变。永远不再重复过去，这样最好！

在很多年里，只有我的家人和一些亲友知道托托离去的消息，这仍然是个秘密。我不想也不能将消息告诉其他人，因为失去它的创伤从未愈合。我每个月仍然写我的对话专栏，并从我其他猫的行为和动作上寻找灵感。我并不认为这样的行为有什么病态，对于我来说，这大概是支撑我承受这难以忍受的损失唯一的方法。我将托托放在了文字的世界里，在那里它仍然生活着，最终成为一个善良的虚构形象，带给人们欢乐，也感动了无数的读者。

语言，正是语言造成了失去一个心爱的人和失去一只宠物的不同。这两种情形，留下的创伤都是巨大的。但是对于猫（当然，也包括其他任何物种），缺乏语言的交流使得痛苦变得更加剧烈。失去爱人，还可以留下对话互诉衷情，而对话语的回味也能逐渐地抚平创伤。失去一只猫，留下的只有可怕的沉寂。

托托离去一年以后，米奈特也消失了，然后轮到了梅丽莎。我开始在邻里之间寻找新的小猫，接着就有了米娜的加入。米娜是一只漂亮的虎斑诺曼猫，感情丰富，只要听到什么奇怪的声音就会立刻逃跑（天知道它平时怎么会那么善于交际！），并且它的心里只有我。这两个小家伙在我身边扮演着不同的角色，一个狡黠活泼，另一个温柔可人，帮我重新找回了作为作家和编辑所必要的生活中的平衡和风采，而之前因为种种原因我曾总是感觉孤独。时间一年年过去，时常有一些读者给我打电话或是写信，只是想再和我谈谈托托，它已经成为一只受人崇拜的守护神猫，成为一颗流星督促着我的人生，促使我强迫自己专注于写作。我不能撒谎说我不想念它，因为我总能感觉到它就在我的身旁，在蜿蜒曲折的花园里，在杂乱无章的花丛中。在协助我释放自我这点上，小恶魔托托的影响力是其他所有猫都无法比肩的。

我要感谢从孩童时代起就与我相遇的所有猫，特别是小恶魔托托，它释放了我所有的想象，使我能够利用写作养活自己，使我认识到美丽和优雅是没有年龄限制的。它也教导了我原来沉默不仅仅是祝福，也可以是力量和活力的源泉。它使我更关注我的同伴们，特别是那些丧失了话语能力的人，无论他们是残疾儿童还是高龄老人，我的一双猫眼都能帮助我去理解他们，安抚他们。我的小猫，就是教会人们去看、去听的媒介和专家。

这个故事的寓意是什么？在充满了疑惑和悲伤的日子里，我告诉一位医生，可能我需要学习没有猫陪伴的生活。他很敏锐地回答我："为什么你要舍弃这些东西，它们明明对你那么好？"

罗伯特·德·拉罗什
长期从事记者和电台制作人的职业
现今，他致力于写作
创办了绿塔出版社，总部设在诺曼底
他还致力于收藏有关猫的文学作品和艺术品

希皮

我身边的忠实存在

16年，对于人类来说只是人生的一小段历程，对于猫，却意味着它的整个生命。希皮，它从未算计过它曾给予我的满满的爱和善良，它总是知道，不需要言语。

我丈夫在田野里发现它的时候，它才刚刚断奶。它是一只幼小的猫崽，却在家里到处留下记号，甚至比我还要略胜一筹。它的到来刚好同我们决定搬家的时间相吻合。

我就是它的妈妈，从相遇的那一刻起，我们之间就形成了强烈的默契。

我们仨真的很合拍。希皮会和我在公寓里玩捉迷藏，这是它最爱的游戏，我们一起分享喜悦的瞬间。

后来，我们搬进了独栋的小楼后，希皮一直试图去探索楼下的花园。是不是虽然在公寓里生活了这么多年，当初发现它的那块田地仍然是它心中难以磨灭的伤害？尽管如此，整座房子都成为它的王国，捉迷藏的狂欢在这里变得更加有趣。当它找到我的时候，我都会带着惊异，孩子气地哭闹几声。然后，它就知道该找地方躲起来了。

怀孕以后，我很快就不得不卧床休息。当6个月平静的卧床生活结束时，我们的关系更加亲密无间。我惊讶地发现它能清楚地分辨出我不舒服的时刻，会来到身边安慰我。似乎它了解我的感觉，并立刻愿意向我伸出援手。在我那样痛苦的时候，我却发掘出了接受它呼噜疗法的乐趣，以及它为我带来的活力。它知道我将会成为一位母亲吗？在我为成为母亲而努力的时候，它却像母亲般对我关怀备至。我时常将它揽在怀里，然后一起享受一段很长的时光。在那个时候，它是我唯一的安慰。

我儿子的出生并没有影响这段关系。恰恰相反，它冷静地卧在他的身旁，向之前守护我那样守护着他。

它跟着我们经历了我们这段夫妇关系的高潮和低谷，它就是那个陪在我身边的小家伙，永远在那里。它很清楚我每一次的哭泣，而它就在那里，忠实地咕噜噜地安慰我。

它一直活到了16岁。突然有一天，它开始莫名其妙地转圈圈，一只眼睛里也开始出现血迹。兽医诊断它患上了脑肿瘤，并引发了脑部间歇性的超压。每当它发病的时候都异常痛苦，它会发出令人心碎的叫声，久久不会停息。只有躺在我的臂弯里时，才似乎能看到一点点缓和的迹象，所以我只能整日整夜地抱它在怀。

尽管它接受了专业治疗，但它发病时的症状还是逐渐严重起来，为了能够陪伴在它身旁，我甚至用掉了自己的年假。我重新安排了它的活动场所，将它的猫砂盆放在了我的卧室里，当然还有它的碗。因为担心它跳上床的时候会受伤，我还将自己的床垫直接摆在了地板上。可是它发病的间隔时间越来越短，而它所承受的痛苦却在一天天增加。我的丈夫反对为它实行安乐死，他只是不希望每天夜里为此心怀愧疚；我却已被悲伤耗尽，因为我所做的那些能使它康复的努力让我身心俱疲，但是我仍不想放手。

在过去的16年里，它从未在我艰难的时刻丢下过我；它总是在那里抚慰我的悲伤，和我一起玩捉迷藏，帮助我笑出声来。

我也应该陪伴它一直到最后。

我最终还是取得了我丈夫的同意，这么做只是为了缓解希皮所经受的折磨。兽医很贴心地来到了我家出诊，就这样，希皮在我的臂弯里睡着了。我提前将儿子送去了邻居家，避免让他见证这场悲剧。当兽医离开以后，我长久地将希皮抱在怀里，不肯放手……我无法让自己相信这一切都已经结束了，甚至我仍在努力去安抚它的痛苦。

直到它的小身体彻底冷下来时，我才清醒过来，和我的丈夫将它同它最爱的小毯子一同埋葬在了花园里。那时是 2 月。我们对儿子解释说希皮已经离开了这里，只有 5 岁的他马上反问我，它是不是去了天堂……

希皮并不仅仅是去了天堂，它还深深地刻在了我的记忆里，直到今天，它还围绕在我身边，忠诚地支持着我。

它为我的付出要远远大于我带给它的生活，它却从未要求过回报。动物们的善良和同情心甚至超出了某些人类，它就是一个鲜活的证明。

是它带着那漫画人物般的绿色大眼睛，用满满的爱，改变了我生活中的很多事情。它是最完美的那只猫。

取材自

凯茜·特蕾西亚

质量协查员

米雅卡

小偷渡者

在家庭关系的漩涡中，在我青春期最美好的时光里，米雅卡为我打开了一扇新世界的大门。这个小小的偷渡者找到了通往心灵的快捷键……和自己的天地！

我的继父并不想家里再多收留一只猫，因为我们家里已经有猫了。所以，当妈妈发现这只被小孩子们（他们的父母应该找心理医生了）折磨过的急需救助的小猫后，就将它安置在了我祖父母家里以确保它的安全。新来的这只小猫令我很开心，我至今还能记起那个白色的小毛球，顶着被烧掉的胡子。它被它之前所经历的令人发指的一切吓坏了，拼命地找地方躲藏。

然后我将它藏在了亲生父亲家里，因为我很清楚他不会反对它的到来，而且他以前养过很多狗，知道怎么去照顾一只猫。

我只是想尽力去帮助米雅卡，帮助它和人类重归于好，向它证明我们并不全都是那么野蛮。

也正因为有了米雅卡，我更加频繁地去探望父亲，但是他还是很爱出去旅行。我为此曾尝试过各种努力：我曾在母亲和姐姐的帮助下偷偷将米雅卡带回家里。我的房间是在二楼，而已经被吓坏了的米雅卡几乎不会被我的继父发现。他花了大概 9 个多月的时间才发现家里偷偷藏了一只猫住客……我不得不承认米雅卡有一些神奇的能力：它可以如同摊开的煎饼一般匍匐在地板上，完美地隐身于周围的布景里，使自己不引人注意！它的另一项技能是可以像龙卷风那样席卷而过，只留下一道白光闪过。由于我的继父总是很吵，并且还抽烟斗，这些都是米雅卡一贯讨厌的，所以当他出现的时候，有足够的迹象能帮它提早脱身。

从它来到家里开始，我们就有了另一个“帮凶”——小恶魔，家里那只红色的虎斑猫。以前，只有当一切都很平静的时候，在二楼我的房间里，米雅卡才敢鼓起勇气跳上床来寻求一个爱抚。就是在这时它遇到了小恶魔，它就像一个大哥哥一样将米雅卡护在了它的羽翼之下。它们之间迅速产生了化学反应，我甚至猜想它们可能是坠入了情网。在小恶魔的帮助下，它的情况好转了很多，小恶魔会用爪子护着它，成功地帮助它走下楼梯，甚至，去花园里玩耍。

看着它逐渐放下了戒备，探索外面的世界，并且慢慢克服了对人类的恐惧，我真的很幸福。

米雅卡被我继父发现的时候正蜷在他的皮质扶手椅里面。我在一旁试图为它带上防抓指甲，虽然我的动作很轻柔，但还是很难做到，因为它不喜欢这样的约束。于是我将它留在了那里，就只有那么一次。它变得惊慌失措，对一切都充满了警惕，尤其是我的继父——它的克星。

我的继父唯一喜爱的那只猫被叫作谜团：它是在很久以前突然出现的，接着又像它来时一样突然消失了，没有人知道它去了哪里，它叫什么。它很爱“说话”，并靠此讨得了我继父的欢心。不过，当小恶魔死去的时候，全家每一个人都很悲痛，我的继父也是，虽然他抵死不肯承认。但这时米雅卡的情况更糟糕：它在家里疯狂地搜寻小恶魔的身影，意志消沉，甚至完全失去了自己的方向：小恶魔是它的大哥哥，是它生命的基石。它溜进花园，久久地待在那里。

一天晚上，它因为生继父的气，于是在继父常坐的位置上解决了它的生理需求。继父坐下后才闻了出来，那个“东西”一直黏在他的屁股上……随之而来的愤怒压倒了一切，他指向大门。

我不得不将米雅卡送去乡下的祖父母家无限期地住下去。我父亲带着我和姐姐一起开车出发了，因为心情过于沉重，路途中我一言不发。我竟然遗弃了它，我本打算救助它，帮助它重新修复和人类的关系，但是我做了和其他人一样的事情……

今天，米雅卡在沙拉维内过着甜蜜幸福的生活，它交了很多牛和猫朋友，其中有一只酷似小恶魔（但是毛发更厚），也是一只非常漂亮的红色猫。我祖母的妹妹开了一间奶酪工厂，它拥有了永远吃不完的奶酪皮（其他部分也是！）。

我再也没有见过它，但是我从未失去希望，我相信总有一天会再见到它的大蓝眼睛和白色的身体，会再和它聊聊天。

它的离开打开了我的眼界，之前的我因为总要遵守父母亲的禁令而不能活跃于人道主义协会，因为它，我终于转向了那些需要保护的动物。我加入了救助残疾人与狗的协会：这是一个很高尚的组织，不仅帮助人们教育狗，同时乐于为有需要的残疾人士提供帮助。我也曾为动物保护协会捐助过一点钱，不幸的是，那里仍然有太多需要救助的住客。

看到米雅卡回到了田野里，自由而又快乐，我突然就醒悟了。我也一样，我早已离开家里，找到了自己的田野。

我和它共同成长，我仍保留着那段温柔的回忆，记得那个吓坏了的稚嫩的小白球，或是已经长大的它那双充满柔情的大蓝眼睛。

我敢肯定，现在的它是奥马利最完美的（柏拉图式的）爱人，它，一个小小的城市印第安人！

取材自

安布尔－克里芒蒂娜·科里亚

负责人助理

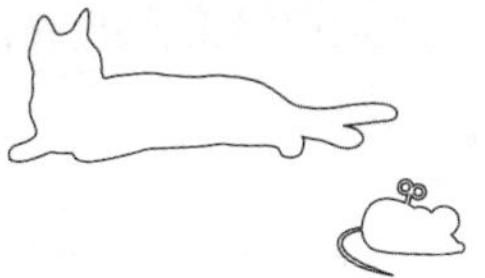

板栗

欢迎来到猫星球！

如果我们未曾与任何一只猫共同生活过，就不会真正明白要如何才能更好地照顾它们。对所有的兽医来说，有猫陪伴的生活是必不可少的人生经历。

在某种意义上，板栗确实改变了我的生活。孩童时代的我身边总是有小狗的陪伴，成年以后，我也一点儿都不喜欢猫。听起来似乎自相矛盾，但是作为一名兽医我不得不直面这个问题。

我不喜欢它们的原因仅仅是因为不了解。当开始护理它们的时候，我渐渐地有了新的认识。我开始注意到它们行为举止的所有细枝末节，以便更好地了解它们。可这都只是从兽医的角度来看待它们，属于纯粹的职业范畴。

我曾经治疗过的猫中有很多给予我感动，使我动容，但这只是来自兽医的关爱，虽然也是真挚的，可并不会帮助我更靠近真实的猫世界。

只有当我和板栗生活在一起的时候，我才接触到这个之前曾被我彻底无视的世界。那是一个让我逐渐沦陷的世界，直到今天，我已不能想象没有猫陪伴的生活。

超越了之前试图对它们行为的解读，我开始衡量它们每天情绪的波动和细微的变化，以及它们为自己选择的并且强加于人的生活方式——这一切，不是非常女性化吗？那些猫！

作为一名兽医，我熟知关于这种奇妙小生物的所有生理学和药理学知识，但我不能理解它们和主人之间那深厚的感情，直到我亲自做了见证。

从那时起，我也开始欣赏那些肯写下猫的故事的作者，譬如说科莱特。人们可能认为他们在书里总是夸大其词，但一旦我们自己成为猫主人，就会知道书里所有的描述都是写实，是我们和这种小动物之间最真实的关系的写照，绝无夸大。

板栗能来到我家是因为我的小女儿。宠物是家庭关系最好的纽带和调和剂，是家人间的“水泥”。它是我们家的第一只猫，之后是非常英伦范儿的国王朱利安，很看重自己形象的一只猫。板栗有着足球运动员的智商，以及与之相配的运动员体格。

它是一只卡尔特猫，是我做出的选择。面对这么一只很有个性的猫，我并没有什么可抱怨的！板栗是一个真正的“多菲内人”，我冒着大雪从韦科尔地区带回了它，这是一个令人眩晕的开场。

和饲养员最初写下的承诺完全不同，小猫并没有像预想的那般活泼和容易亲近。在兄弟姐妹中，它既不是最漂亮的，也不是性格最好的那只。在来到的头两天里，它将自己悄悄地藏了起来，这令全家人万分失望。它逐渐地靠近我们，渐渐地了解我们，而我们也走进了它的世界。

虽说它身上那强烈的侵略性的一面并没有完全消失，我也完全不会后悔。那些将猫留在室外的人失去了被猫打扰睡眠的乐趣。当猫生活在室内的时候，清晨 5 点，虽然起床还有些早，但还是会收获一个贴在脸上的湿漉漉的小鼻子。

板栗时常会在半夜越过我的头，在我的肚子上踩上几脚，然后绕着床转上四五圈，为自己寻得一个最舒服的位置……显然，猫绝对不会是有效的安眠药。

隔天早晨，当我们在为睡眠不足而焦躁的时候，它却躺在海星图案的地毯上补觉，睡得四爪朝天。如果我们不幸靠近它的身边，也只能默默地怒视它一顿。要知道，在它睡觉的时候可是绝对不可以去打扰的！否则，这将犯上大罪！

很难和这个小姑娘共享我的键盘和鼠标，因为它只是想要侵占我的手和手边物体之间的位置。它把头搁在我的手上，不让我工作：这并不是在讲故事。我们不得不开始谈判，来决定办公桌上的哪些位置可以留给我继续工作。如果一个人没有经历过这些，他会认为这只存在于夸张的漫画中，但其实，这些全都是最最真实的事实，我们很快就发现自己其实生活在猫之家。生活如同漫画《西蒙的猫》[①]中描述的那般！

板栗拥有一种能让我们屈服的能力，不论是面对我们长久以来的生活习惯，还是我们要求自己绝不让步的承诺，它总能达到自己的目的。例如，它无法忍受我们平时关着房间门，在它看来这是绝对的冒犯。但是它什么也没有表现出来，猫不会去强迫别人做什么，可是它却能不露痕迹地让人心甘情愿地做出让步。就

① 英国导演西蒙·特菲尔德（Simon Tofield）的系列短片《西蒙的猫》（*Simon's Cat*），获得 2008 年度英国动画奖颁发的“最佳喜剧奖”。——译者注

这样，我从一个即使和猫面对面也不会信任它们的人，变成了一个对猫相当依赖的人，似乎再也回不去之前养狗的日子了。现在的我，更欣赏猫的处事方式，它们那不屈服的性格，甚至那些矛盾的行为——如果你也同老婆以及两个女儿一起生活的话，大概早就已经习惯了。猫真正想要的东西，永远在我们强加给它的对立面。

它特别不喜欢我们抱起它将它放在膝上，也不愿自己跳上来。但是，只要有它没见过的人来到——特别是男人——它就会主动地跳上他们的腿！总是那样出人意料。

我还注意到，猫其实特别热衷于教育家里的成年人，但是对孩子却有着仁慈和宽容。板栗虽然并不暴虐，却也能迫使我们不得不调整自己去迎合它。我们必须要将水果在厨房里藏好，否则第二天早上果盘里所有的水果都会被它咬过一遍，它爱吃鳄梨，甜瓜更不用说，还有桃子、油桃……它来到家里后，我们并没有感觉到生活中那些微妙的变化，然而更准确地说，其实是我们住进了它的家！

以前，我常常会同我的客户们开玩笑说，当他们收养了一只小猫后，是否会将门口邮箱的姓名改掉，以特别指出现在猫才是这个家的主人。

但是我从未想到，成为他们中的一员原来是如此幸福！

取材自

让 - 克里斯托夫・维利埃姆

兽医

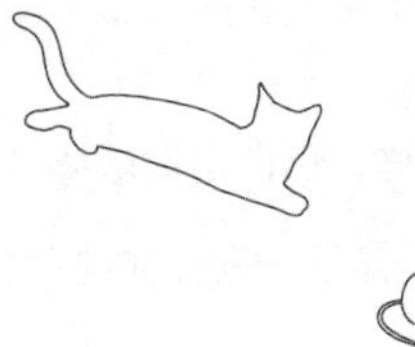

小猫莫斯卡

亲切的标记

突然想要一只猫，就是现在，就在那里，没有任何原因。它会热爱我的全部，即使周围的环境再变化多端，它也固守在我的世界里。

在我的家里，曾经有过两只狗和一只猫。当我终于能够独自展翅翱翔时，我觉得自己很独立，就像是吉卜林笔下的那只《独来独往的猫》（***Le chat qui s'en va tout seul***）。

但是为什么，突然之间，想要有只猫来陪伴的渴望变得如此强烈？我也不明白。它在 2007 年的秋天闯入了我的生活，在那个阶段，我已经完成了几部电影，刚刚加入了弗洛里安·泽勒的戏剧《另一个人》（***L'Autre***）的演出。演出就在香榭丽舍大街的一个小剧场里，这个地方充斥着伟大的路易·茹韦的回忆。我给小猫起名叫作莫斯卡，和《狐坡尼》[①]中的那个仆人同名。

一开始，我梦想着能拥有一只竞赛猫，也许是挪威猫？但是最后的一切都与我的预期背道而驰：我收养了一只并非纯种的猫，就像我童年的那只猫一样，它是动物保护协会麾下的幸存者。它当时身处热讷维耶的动物救助中心，我几乎没有勇气走进去，生怕自己看到那么多被遗弃的小猫而无法承受。

在动物救助中心里，它刚刚被放出了笼子，就立即躲进了我的臂弯，它的这个举动给予了我极大的信任。我俩就像是为对方量身定做的一般，彼此一见钟情。

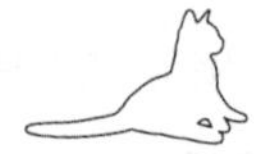

动物救助中心的“帕夏”成为我的小莫斯卡。“Mosca”一词在意大利语中是“苍蝇”的意思，而在阿拉伯语中是“小

① 《狐坡尼》(*Volpone*) 是本·琼生 (Ben Jonson) 创作的讽刺戏剧。——译者注

猫咪”的意思，其发音类似于法语的“苍蝇”（Mouch）。这个名字就是为它量身定做的：莫斯卡刚好是一只白色中带有斑点的小猫。

莫斯卡就是我的路标，是我忠实的爱猫，是我的精神家园。因为知道有它始终在家门后期盼着我，让我每一次回家都变得更有意义。

每当我踏入家门，所做的第一件事就是将莫斯卡举起贴到脸旁。它用自己的小脑袋轻柔地蹭蹭我的额头，这是属于我俩的拥抱仪式。到了晚上，又是互诉衷情的时刻，它会爬上我的床求我温柔地抚摸它的背部。

莫斯卡确确实实是那只改变我一生的猫。我很难再离开它，以至于有时候在拍摄间隙，只要一有时间，无论多远我都会回家，只为了能看看它，为了不要留它孤零零地待在巴黎，即使只有一个晚上。当我需要讲述自己的故事时，虽然只是偶尔——写作并不是我的职业——它都在我眼皮底下舒服地打着呼噜，支持我这个有些艰难的冒险。

这只睿智的猫有着天使般的耐心。或许，变化无常的性格是我们水瓶座最大的特点，因此我常常想要改变家里的一切。我都不记得自己重新装修了多少次公寓。而它总是张着好奇的眼睛看我将所有的家具盖起来，粉刷墙壁，洗刷。这将它的习惯和周围的气味搞得一团糟，而它却从没有一丝一毫的不快。

从它来到我家开始，莫斯卡立刻就觉察到了我的旧桌子和衣柜是需要它尊重的地方。我和它“签订”了一份协议，它绝不乱动我的家具，但是可以对皮革扶手椅为所欲为。

我和我的猫都爱“洗耳恭听”。我们都热爱音乐，都能通过声音来感知，这使我们之间产生了强烈的共鸣。当我弹钢琴的时候，总是希望能帮助莫斯卡欣赏到更多的巴赫或是莫扎特的作品，可是它却更偏爱那把木吉他的声音。

既不是男高音也不是男中音，莫斯卡一直是那种安安静静的类型（只有在吃完盘子里的食物后才会小声地喵一声表示感谢）。可是，当知道再也听不到木吉他的音乐时，它待在门后长时间地哭泣，期待着木吉他再次回来。

我轻轻地抚摸它，拿出了它的玩具球，掏出了它的小老鼠，我做了一切努力来安抚它，甚至忘记了自己的悲伤。其实，只需要再一次改变家里的装潢，带着它离开这里去度个假——这是它所爱的——它就会不再哭泣。

在莫斯卡的眼眸里，每时每刻都投射着我的身影。它是我的一面忠诚的小镜子，会偶尔带着些许忧郁或是愉快的情绪，为我的感情注入鲜活的色彩。不论在何时，它那炙热的目光，总能带给我幸福的感觉。

在不经意间，我的生活早已被莫斯卡改变。它依靠着我，而我也肩负着对它的全部责任，这对我意义非凡。它是爱着我，还是爱着能提供给它食物的那个人？我永远也不可能知道！可这些都不重要。细心、信任和温柔，在这个令人不安的世界上，只有它能安抚我的心。它是我最爱的那只永远陪在我身边的猫。

取材自

斯坦尼拉斯·莫拉

演员

米洛

为我量身定做的猫，合拍！

当我们超过一定的年纪就要被剥夺小猫陪伴的乐趣吗？这真是一个滑稽的看法。这一定没有考虑过米洛，一只热爱歌剧并会坐在桌旁享用早餐的猫……

我曾经做了28年的兽医科顺势疗法医生，从治疗小狗和鸟类开始，然后开始接触对猫的治疗。在我的整个职业生涯中，我一直对所有70岁以上的顾客强调，从现在开始必须要理智一点，不要再领养新的宠物了。

当我到了退休年龄的时候，我自己也是这样做的。

我一个人生活，虽然我曾经养过普立克和普洛克，它们是我的缪斯猫，在我创作自己的著作《利用自然的药物为猫治疗》

（*Soigner son chat par les médecines naturelles*）时，它们给予了我很大的帮助。我为自己安排好了一个没有猫的生活，排满了丰富多彩的活动。

我和导演娜塔莉·朱韦成立了一家戏剧制作公司——毛丝鼠戏剧公司：我们共同制作了《德拉库拉，我的故事》（*Dracula, mon histoire*）等戏剧，并在巴黎的于塞特剧院演出。我还设法帮助朋友们照看他们的猫。

一天，我的两个同事给我打电话，希望我能介入安抚一条凯恩犬的工作，我已经很久没干过兽医的活儿了。

可是我实在没有办法拒绝他们，所以最终还是过去了。当我跪在地上正试图去安抚这条和我很熟识的、可爱的小母狗时，突然感觉到有人从背后扑过来，抓住了我的头发……我抬起头，看见一只 5 个月大的小猫正盯着我看。

就在这个时刻，我听到了身后的兽医护理助手的声音，她说出了那句不可思议的话："你看，医生，它已经爱上你了。"

当我的双手终于空下来的时候，我转过身将手放在了仍抓着我头发的小猫身上，告诉它说："结束了。"我解释了自己已经75岁了，可是它却满不在乎，于是我在过去30年里一直重复的话语就这样消散如烟了。

这只小猫是从五楼的阳台上跌下来的，意外地跌落在了二楼一位年龄很大的老太太家里。她同我一样……并没有打算将它留下来。

我在第二天早上又回来了，那是一个周六，是橄榄球世界杯总决赛的日子，无论为了什么原因我都不愿缺席这场球赛，而米洛的到来刚好赶上了球赛。从此以后，我们再未分离。

一夜之间，一切都不一样了；普立克死去后空荡了整整3年的公寓，重新充满了生机。

当然，我也提前做了些安排，米洛自己也很清楚，如果我发生不幸，平日里在我外出时替我照看它的那家人会立刻接手对它的照顾，他们之间也已经建立起了深厚的感情。可以说，它同时拥有了两个家，并且应对得很好。

我们之间达成了协议，我和米洛说话时会聊聊猫，抑或无关于猫，但最重要的是，我们互相分享着自己的激情。米洛和我一样，都是重度歌剧爱好者，特别是大师威尔第的作品，因为它偏爱跌宕起伏的作品。它可以在电视屏幕前一动不动地待上 3 个小时。每当歌剧开始的时候，它就会来到桌前面对着电视坐好，全神贯注直到最后一个小节。它其实真正关注的是演出，比如它看《茶花女》（*La Traviata*）的时候，它并不是在听，它是在认认真真地观看电视转播中的图像。看到第二幕的舞会时，它会很开心。歌剧里的动作越多，譬如《唐·卡洛》（*Don Carlos*），它的情绪就会越高涨。不过，它却一点儿也不喜欢芭蕾。它也很喜欢《汤豪舍》（*Tannhäuser*）这部剧。此外，对于我最爱的巴赫和海顿，它丝毫不感兴趣，对爵士乐也是一样。它喜爱的并不只是音乐，还有所有会带着激情移动的物体，甚至包括与鸟类和马有关的幻灯片。

我总是在积极活动，从没有真正地享受过时间。如今，在夏天的早晨，米洛和我会在阳台上一同享用早餐。它是对的，时不时地放松一下令我感觉很惬意。

我养的猫大都是艺术爱好者，除了普洛克，它不是个“文化人”：无论是琵雅芙还是莫扎特，在它眼里都是一样的！它那整整 7 千克的温柔里面却不曾蕴含 1 克的文化。它的姐姐普立克是诗歌的忠实爱好者——它喜爱听我高声朗诵。我称呼它为“我的小知识分子”！它喜欢宗教音乐，但不是全部；它尤其讨厌巴洛克音乐里大提琴的声音，每次听到都会尖叫着抵制。虽然不是录音师，普立克还是完全理解了高保真扬声器的运作方式，它总是会恰好坐在能完美接收到所有声音的位置。有一天我调整了扬声器的位置，它还是很快就找到了那个最理想的收听位置。如果我播放由罗斯特罗波维奇指挥的拉赫玛尼诺夫的作品《晚祷》（*Vêpres*），而且是全世界最优秀的演出版本，这时无论它身处公寓里的哪个角落，都会立即靠过来，哪怕它正在睡觉。

如果我有充裕的时间可以像拼装某些高保真音箱一样拼造一只猫，我仍然选择米洛——它完全就是我想要的猫的类型。它就是那只看着我，立刻就明白我需要享受自己余下时间的小猫。

取材自

雅克琳娜·佩克

退休兽医，法国顺势疗法协会主席

藏在喉咙里的猫

在我的猫儿眼中
我读出了
它对你的失望
逃走的人

在我的猫儿眼中
我看到了
自己孤独的倒影
失去希望

在它的注视下
我的悲伤消失无踪
我们一起做梦，在每个晚上
梦见你
不再回来的人
就这样生活下去
就这样度过我们的夜晚

渴望着

你的小曲儿

舒缓我们的耳朵

在它的声音里

当它在门前叫着

我体会到

它的悲伤

是对我的回应

在它的声音里

我终于听到

门开了

为了朋友

为了爱

为了明天

安娜-克莱尔·加尼翁

致 谢

将我最诚挚的感谢献给所有愿意在书中分享他们故事的人们。这本书的标题就像是神奇的通关密码，帮助我打开了你们的邮箱，敲开了你们的大门，扣开了你们的心房，特别是当你们愿意为了这个有点疯狂的项目愉快地给予我肯定答复的时候。对于其中的某些人来说，这可能是有些悲伤，甚至痛苦的回忆，那只曾经改变你们生活的猫留下的轨迹是感人至深的，但是你们仍然愿意分享那些故事，因为你们清楚地知道，自己的见证是多么的重要。我们不得不承认，那些猫儿曾给你们的家庭带来了欢乐和笑声，我希望能够用你们的名字，尽可能真实地记录下它们和你们曾经的生活。

在我们与之共享的温情中，猫咪们展现出了它们所有的面貌。

那些我们曾经爱过的

那些曾经生活在我们身旁的

以及那些仍等待着我们去发现的

“因为这就是事实，我们人类的一生，会路过许多只猫的生命。”①

我要对故事里所有的猫咪表示无尽的感谢。正是充分认识到了你们的美丽，你们的想象力和你们的爱，我们才能做到尽可能地还原真实的故事。每一次的采访都是一次发现之旅，有时会有惊喜，但总归是不乏收获。

另外，要特别感谢马修·李卡德，他不仅贴心地读完了全书，还为其写出了如此美丽的序言，以及菲利普·弥勒，克里斯蒂亚娜·萨卡丝和西蒙·斯科特，在每一封邮件的背后，他们像天使一般耐心地阅读并热情地鼓励着我的这个计划。

衷心感谢所有的人！

安娜 - 克莱尔·加尼翁

Anne-Claire Gagnon

① 玛尔特·特雷伯尔 - 施密特。

图书在版编目(CIP)数据

改变我人生的那只猫 /(法)安娜－克莱尔·加尼翁(Anne-Claire Gagnon)著；郭欣译．— 重庆：西南师范大学出版社，2018.7

ISBN 978-7-5621-9424-8

Ⅰ．①改… Ⅱ．①安… ②郭… Ⅲ．①纪实文学－作品集－法国－现代 Ⅳ．①I565.55

中国版本图书馆 CIP 数据核字 (2018) 第 154453 号

改变我人生的那只猫

GAIBIAN WO RENSHENG DE NAZHI MAO

[法] 安娜-克莱尔·加尼翁 (Anne-Claire Gagnon) 著 郭欣 译

出 品 人：米加德
总 策 划：卢 旭 彦吴桐
责任编辑：何雨婷 赵 静
装帧设计：谷亚楠 李 晨
出版发行：西南师范大学出版社
重庆市北碚区天生路2号 邮编：400715
http://www.xscbs.com
市场营销部电话：023-68868624
印 刷：重庆紫石东南印务有限公司
成品幅面尺寸：130mm × 190mm
印 张：9.875
字 数：168千字
版 次：2018年10月第1版
印 次：2018年10月第1次
著作权合同登记号：版贸核渝字（2018）第153号
书 号：ISBN 978-7-5621-9424-8

定 价：66.00元

读者 Readers 回函表 WIPUB BOOKS

姓名：__________ 性别：____ 年龄：_____ 职业：_______ 教育程度：_______

邮寄地址：______________________________ 邮编：________

E-mail：______________ 电话：________________

您所购买的书籍名称：《改变我人生的那只猫》

您对本书的评价：

书名：	□满意	□一般	□不满意	故事情节：	□满意	□一般	□不满意
翻译：	□满意	□一般	□不满意	书籍设计：	□满意	□一般	□不满意
纸张：	□满意	□一般	□不满意	印刷质量：	□满意	□一般	□不满意
价格：	□便宜	□正好	□贵了	整体感觉：	□满意	□一般	□不满意

您的阅读渠道（多选）：□书店 □网上书店 □图书馆借阅 □超市/便利店 □朋友借阅 □找电子版 □其他 ________

您是如何得知一本新书的呢（多选）：□别人介绍 □逛书店偶然看到 □网络信息 □杂志与报纸新闻 □广播节目 □电视节目 □其他 ________

购买新书时您会注意以下哪些地方？

□封面设计 □书名 □出版社 □封面、封底文字 □腰封文字 □前言后记 □名家推荐 □目录

您喜欢的书籍类型：

□文学-奇幻小说 □文学-侦探/推理小说 □文学-情感小说 □文学-散文随笔 □文学-历史小说 □文学-青春励志小说 □文学-传记 □经管 □艺术 □旅游 □历史 □军事 □教育/心理 □成功/励志 □生活 □科技 □其他______

请列出3本您最近想买的书：________、________、________

请您提出宝贵建议：______________________________

★感谢您购买本书，请将本表填好后，扫描或拍照后发电子邮件至wipub_sh@126.com和xscbsr@sina.com，您的意见对我们很珍贵。祝您阅读愉快！

图书翻译者征集

为进一步提高我们引进版图书的译文质量，也为翻译爱好者搭建一个展示自己的舞台，现面向全国诚征外文书籍的翻译者。如果您对此感兴趣，也具备翻译外文书籍的能力，就请赶快联系我们吧！

您是否有过图书翻译的经验：□有（译作举例：______________）
□没有

您擅长的语种：□英语　□法语　□日语　□德语
□韩语　□西班牙语　□其他______________

您希望翻译的书籍类型：□文学　□生活　□心理　□其他______________

请将上述问题填写好、扫描或拍照后，发电子邮件至wipub_sh@126.com和xscbsr@sina.com，同时请将您的译者应征简历添加至邮件附件，简历中请着重说明您的外语水平等。

期待您的参与！

西南师范大学出版社
上海万墨轩图书有限公司